ひとつ宇宙《そら》の下

成田名璃子

朝日文庫

初出

「サラリー&ザ・ムーン」「一冊の本」２０２０年12月号～２０２１年2月号

「スター・チャイルド」「一冊の本」２０２１年3月号～5月号

「トゥ・インフィニティ&ビヨンド」書き下ろし

「インナーユニバース」書き下ろし

「エピローグ」書き下ろし

目次

ひとつ宇宙《そら》の下

第一話　サラリー&ザ・ムーン

今、この世界から消滅してもいい。

遥《はる》か宇宙の彼方《かなた》で、水素を燃やしつくして消えつつある恒星のように、自分もまた高炉で焼き尽くされ、地球の灰と帰しても、さほど未練はない。

規則正しく走行をつづける満員電車の中で、つり革を摑《つか》みながらそんなことを思う。薬指に嵌《は》めた銀の指輪も、毎日繰り返されるこの夢想に歯止めをかけることはなかった。

帰宅ラッシュの車両には、ミントのガム、仕事帰りの一杯、タバコ、餃子（ニンニクなんて帰りに食ってくるなよ）などの入り交じった得体の知れない匂いが漂い、人々が放つ喜びや悲しみ、希望や失望などと空気中でブレンドされ、うっそりとした靄《もや》となってヒーターの風とともに拡散していく。

「あ、すみません」

電車が揺れた拍子に、隣の青年に足を踏まれたが、軽く首を左右に振って大丈夫だと告げた。青年は恐縮した様子で、再び窓の外を向く。新社会人だろう。スーツに着られ、日々をやり過ごす術《すべ》を知らない横顔は、俺よりもよほど日々に倦《う》んでいるように見えた。

春のはじまり、いわゆる木の芽時には、おかしなやつも沢山湧くが、こういう表情をしている新社会人に遭遇するのもまた珍しくない。俺の部署にも佐原《さはら》という部下が一人いて、今日、休みを取った。体調不良で内科へ行くと言っていたが、行き先は心療内科だなと直感した。

電話口で何か声を掛けてやりたくても、彼を元気づける言葉は自分の中に一つも見当たらなかった。それとも、慣れれば仕事が楽しくなるさと、嘘《うそ》の希望でも吹き込んでやればよかっただろうか。

タワーマンションの林立する停車駅でごっそりと人が降り、その数以上のサラリーマン達が乗車してきた。隣の青年の横顔が、さらに沈んでいく。左右から圧がかかり、鞄《かばん》を網棚に載せて両手でつり革にしがみついた。

カロリーを摂取するためだけのファストフードのような、味気のない仕事。なんのためにその仕事をしているのかも、それが人々の暮らしにどう貢献しているのかもわからないまま、部長の機嫌を取るだけではなく、傷つきやすい部下の顔色もうかがい、日々、必要とも思えない事務処理や調整を行う。

皆、どんな気持ちで働いているのだろう。そして何のために？

再び走り出した電車の中、窓ガラスに反射するサラリーマン達の顔を見るともなしに眺めた。同じ三十代半ばくらいの男達の顔は一様に平坦《へいたん》で、皆、スマートフォンをスクロールするか、虚《うつ》ろな目で過ぎ去っていく景色を見ている。

サラリーマンなんてそんなもの。やりがいも生きがいも、会社に求めるほうがお門違い。

現に、この車両でいちばん幸福そうなのは、斜め前の席に座っている職業不詳のおっさんだ。スポーツ紙のエロ紙面をわざとらしく車窓に反射させ、目の前に立つOLの反応をニヤニヤと窺《うかが》っている。

「キモ。勘弁してよ」

走行音に紛れて、OLのうんざりとした声が届いた。

殺伐とした満員電車の天井は低く、この上に空が広がっているとはとても信じられない。

OLはすぐ次の駅で降りていった。そこからさらにつり革にしがみつくこと三十分。ようやく、マイホームのある駅へとたどり着く。

神奈川を大分南下した郊外。海風で塵芥《じんかい》が飛ぶこの辺りは、通勤圏内では比較的空気の澄んだ、自然環境に恵まれた土地だ。最近、都心からの移住者も増えてきたらしい。

電車から降りた途端に、潮の匂いを乗せた風が吹き渡った。

こぢんまりとした商店街はほぼシャッターが降りているが、酒屋だけは開いている。その軒先を立ち飲み屋代わりにして談笑する人々を尻目に、商店街を抜けて川沿いの道を歩く。俺も下戸《げこ》じゃなければ、酒に一時の救いでも得られただろうに。

どれも似たような顔つきの新興住宅が並ぶ通りをいくつか曲がって、ようやく我が家へとたどり着いた。

個性はないが、それでもマイホームだ。申し訳程度に玄関脇に植えられたシンボルツリーはアカシアで、これも会社でよく目にする企画書と同じくらい没個性的だが、息子といっしょに背を伸ばしてきた。疲れ切った足を前後に動かして玄関のドアを開けると、夕食の匂いが漂ってくる。

「おかえり！　夕ご飯できてるよ」

リビングに顔を出すと、妻の一華《いちか》が対面式のキッチンから声を掛けてきた。学生時代から変わらないあっけらかんとした笑顔に出迎えられる。この世界には、一華のように、自分の生き方に疑問を持たない人間もいるのだ。その迷いのない空気に触れてほっとできることもあれば、今夜のようにさらに気が滅入ることもある。

「悪い、先に風呂入ってくるわ」

脱衣所に入ると、彼方が浴室の鏡で自分の姿を凝視していた。父親の顔を見て興ざめしたのか「今日、遅かったね」と鏡から顔を離し、「ああ、忙しくてな」と答える間にそそくさと出ていく。彼方がまだ、小さく柔らかな存在だった頃、俺が外で働く意味は今よりまだ大きかった気がする。

洗濯機と洗面台の間で、大仰なため息が出た。

「長かったな、今日も」

このまま風呂に入って、ろくに家族と話す時間もなく、翌朝のためにさっさと眠る。この繰り返しが人生だ。人生。人が生きること。

俺は本当に生きてるんだろうか。これが、生？

若干ぬるくなったお湯に浸《つ》かり、追い焚《だ》きをしながら自分を茹《ゆ》で上げていく。体への刺激で、焦燥《しょうそう》から目を逸《そ》らす。

妻がいて、一人息子がいて、家に帰れば温かい飯が食える。これは人生だ。人生なんだろう。少なくとも、幸福を感じる瞬間はきちんとある。テレビを観て笑うことだってある。

「サラリーマンなんてこんなもんだろ」

小さく呟《つぶや》いて、風呂から上がった。

ジャージに着替えてもう一度リビングへ入ると、一華が冷えた炭酸水を出してきた。

「お疲れさま。電車、混んでた？」

「うん。なかなか座れなくてさ。まあ、座れても座席が狭いから、けっこう隣と肩が触れて不快なんだけどな」

「そう。大変だったね。仕事、しばらく忙しいの？」

「まあね。みんな、自分の頭で考えてやってくれよって思うんだけど、今、あんまりキツい言い方すると問題になるしさ」

「そっか。じゃあ、疲れてるよね」

何か言いたげな一華の態度を無視して、好物のとんかつを少し向こうへ押しやる。

「悪い、ほんと疲れてて、あんまり食欲ないんだ」

「そっか——明日はもっとあっさりしたものを用意しておくね」

帰った瞬間は朗らかだった一華の声が、明らかに沈んでいく頃、ようやくほっと一息つけている自分に気がつく。妻に自分の荷物を押しつけて、気を楽にしている。ほんとに最低だ。

「後片付けは俺がやるから、一華はもう休んで。俺のことなんて待たずに好きなことしていいんだし」

いつもならここで引く一華が、しかし今日は引き下がらなかった。

「今夜、できればちょっと相談があるんだけど」

「ああ、うん。でも明日じゃダメ？　さっきも言ったけど俺、本当に疲れ——」

「早いほうがいい。多分、今日も出ていくと思うから」

「は？　出ていくって誰が？」

俺の声に、一華がドアの向こうをちらっと見やったあとで声を潜める。

「彼方よ。最近、夜中の二時くらいに、家を出てるみたいなの」

「嘘だろ⁉　夜中の二時って――」

眠りは浅いはずなのに、全く気がつかなかった。

「いつから？　何時くらいに戻るんだ？」

「一昨日くらいから始まったと思う。今日も行けば三日目。朝の四時頃には部屋に戻ってるの。悪い仲間と会ったりしてなきゃいいんだけど」

「一昨日って、どうしてすぐに言わないんだよ！」

小さく叫びながら、一昨日の自分の姿が瞼《まぶた》に浮かんだ。

最近、仕事が立て込んでいたうえに、一昨日は部下のミスも重なり、特に機嫌が悪かった。一華とろくに話そうともせずに今日のように風呂に入り、飯も食わずにベッドに倒れ込んだ。昨日も、似たようなものだ。

「起こすの、可哀相《かわいそう》だったし」

「――悪い」

昨夜は一華だけで尾行を試みたが、何しろこんな郊外の新興住宅地だ。午前二時頃などにほかに人通りがあるはずもなく、距離をとって歩いているうちに見失ったという。

少し難しい時期に差し掛かってはいるが、彼方はグレて悪さをするような子じゃない。我が子ながら素直で、他人に気遣いのできる想像力も持ち合わせている。

「コンビニにマンガでも読みにいったんじゃないのか？　新発売の本って、よく夜中に棚卸ししてるだろう？」

「あの子が向かったのは山の公園のほう。それに今どきの子が、紙のマンガ本を楽しみにコンビニ行くと思う？　あの子、マンガより動画やゲームに夢中よ」

呆れたような妻の声に、何も言い返せない。

そうか、あいつは今、マンガより動画やゲームなのか。それがどんな動画なのか、どんなゲームなのか、何ひとつ知らない。話が盛り上がらないわけだ。

不安がガサゴソと音を立て、足下から這《は》い上がってくる。

「今日も出ていくようなら、俺が後を尾《つ》けてみるよ」

「ありがとう。ごめんね、疲れてる時に。私もいっしょに行くから」

ほっとしたような顔に、素直に申し訳なさを覚えた。

あの時、彼方の姉が無事に生まれていれば、今頃、一華のいい話し相手にもなっていただろうに。

決して口には出せない考えが頭をよぎり、そのまま飲み下した。

深夜、玄関から微《かす》かな施錠音が響いた。

俺と同じく、着替えて待機していた一華と無言で頷《うなず》き合う。すぐに玄関に向かうと、彼方のスニーカーだけ姿を消していた。

あのあと、彼方はリビングでスマホをいじりながら俺といっしょに番組を観て、ぽつぽつと雑談を交わし、「もう寝る」と自室へ入っていった。全くいつもと同じ、家族の光景だった。まさかあの彼方が、夜中に家を抜け出していたとは。ここ二日と一華は言ったが、もしかして、気がつかなかっただけで、これまでも度々やっていたのかもしれない。

玄関ドアをそっと開けて夫婦で外に出ると、左右に視線を巡らせた。左手に延びる道の向こうを、息子らしき背中がどんどん遠ざかっていく。

「行こう」

小声で促し、そろりと道へと足を踏み出すと、アカシアの葉がかさりと揺れた。

息子を追ってこの道の先をまっすぐ行くと、やがて住宅街は途切れ、県道を挟んで、裏山と呼ばれる山になる。そんな場所へ、一体どんな用で向かっているのだろう。

「本当に右じゃなくて左なのか」

「私も最初は右に行くと思ったんだけどね」

右へ曲がれば駅方面で、商店街で唯一のコンビニもある。そこでマンガではないにしろ、適当に時間を潰しているのだとたかをくっていたが、左へ曲がったとなると、少しばかり不吉な予想が頭に浮かび始める。

たとえば、悪い仲間と待ち合わせてバイクの後ろにでも乗っかり、どこかへ遠出するなんてありそうだ。目の前の県道なら、今どきもいるのかという暴走族達が迷惑な轟音《ごうおん》を響かせて走っている。それとも、裏山の中の公園へ入り込み、カツアゲしている、あるいはされているという可能性もなくはない。被害者になっているのも心配だが、もし加害者だったら？

もっと悪い状況も考えられる。少年の異常犯罪は、大抵、小動物の殺害から始まると何かの記事で読んだ。もし人気《ひとけ》のない山で、あいつが猫やら子犬やらを――いや、さすがにそれはないと信じたい。彼方は、小さい頃から気の優しい子だったし、蟻《あり》の一匹も踏まないように気をつけて歩くような少年だった。三つ子の魂百までが真実なら、この暗い夜道でも、足下で小さな命を奪わないよう細心の注意を払いながら歩いているはずだ。

一華のひんやりとした手が、こちらの左手を握ってきた。微かに指先が震えている。

昨日の夜、一華は俺が抱いたような不安を胸に充満させながら、一人、息子を追ったのだろうか。

ぎゅっと握り返したあと、手を放して彼方を追う。十一歳の身軽さで先を行く華奢《きゃしゃ》な背中は、まだまだ世間知らずの少年のものだ。

彼方のひょろりと細い脚が県道を渡り、裏山へと入った。

裏山といっても、半分は市立の自然公園になっているから、階段で上まで上がれる。繁茂《はんも》する木々の中へと彼方の姿が吸い込まれていくのを見て、にわかに駆けだした。一華も無言であとにつづく。

ようやく階段の下まで追いつき、小走りで上り始めた。寝ぼけ気味の体を無理に動かすうちに、さすがに息が上がり、顎《あご》も上向いていく。左右から張り出した並木の枝が、ちょうど天の川を挟む両岸のようにつづいていた。自然が創り出す構図の美しさに危うく見とれそうになり、すっと視線を落とす。

「あの子、公園で何するつもりなの？」

「さあ。最近、何か変わった様子はなかったのか？」

尋ねた瞬間、一華が軽く唇を嚙《か》んだ。何か言いたいことを躊躇《ちゅうちょ》する時の癖だ。

「どうした？　何か気がついたことでもあったのか」

階段の途中で足を止め、振り返って小声で尋ねる。一華の表情は暗がりに沈んで見えず、ただ越冬したキリギリスの声だけがジー、ジーと微かに響いている。

もう一度、返事を促そうとした時、風に乗って息子の声が耳元まで届いた。

「行こう」

俺の背中を軽く押した一華の声は、どこかほっとした調子が混じっている。気になったが、今は彼方だ。あいつの話し声が響いたということは、誰か相手がいるのだろうか。

一体、何をやってるんだよ。

すぐ背後を、一華が息を切らしながらもぴたりとついてくる。

やがて階段が途切れ、開けた場所へと出た。園内を照らす電灯はとうに消され、昇りはじめた満月の明かりに、整備された芝生の広場がぼうっと浮かび上がっている。

「ねえ見て、あそこ」

芝生の途切れた向こうは確か雑木林になっていたはずだが、そちらから橙《だいだい》色の灯《あか》りが漏れ出していた。少年が歓声を上げ、しーっと一方が他方をたしなめた。やはりほかにも誰かいるらしい。

一華と二人、目を合わせて頷き合う。同時に、少しほっとしていた。

少年達の歓声は、ただ鈴がぶつかりあって鳴った音のようで、この真夜中の冒険を楽しんでいる響きしか感じられなかったからだ。

「もう少し近づいてみよう」

広場を斜めに突っ切るあいだも、楽しげな声が時々上がる。

「誰なんだろう?」

「さあ」

囁《ささや》き合ったあと、慎重に灯りのほうへと腰をかがめて近づいていった。まず視界に飛び込んで来たのは、ワンタッチ式の簡易テントだ。中でごく弱めに懐中電灯でも点《つ》けているのか、三角の発光体に見える。ぼんやりとした温かな灯りに照らされて、二人の少年が背中をこちらに向け、前屈《かが》みになって何かを覗いていた。

その様子を見た途端、吸い込む空気に苦みが混じった。

こんな風に人々が背をかがめている姿を、もうどれくらい見ただろう。自分だって、同じような格好で飽きもせずに見上げていた。

星を、宇宙を、焦がれても決して届かない彼方を。

「あの子達もしかして――」

「ええ。そうみたい。それにしても、遺伝ってすごいわね」

一華の声は完全に拍子抜けしている。

「一緒にいるの、類人《るいと》君じゃないか？」

「そうね。連絡を取り合っているのは知っていたけど、まさかこの時間にこの場所で会ってたなんて」

類人は、彼方の保育園時代からの幼なじみで家もごく近いのだが、ちょうど学区の境界線のあちらとこちらに家があり、小学校は別々になってしまった。ただ、今でも母親同士は仲が良く、確かサッカークラブもいっしょだったはずだ。

少年達は夜空を覗《のぞ》くのに夢中で、すぐそばに迫っている大人二人に気がつく様子もない。

暗くてよく見えないが、あの望遠鏡はおそらく家の納戸から持ち出したものだろう。ずっと奥に埋もれていたはずなのに、子供というものは、親が見つけられたくないものを引っ張り出してくる天才らしい。

「今夜はもう帰ろう。あの様子なら心配ないみたいだしな」

苦笑交じりに囁くと、一華も黙って頷く。言葉少なに来た道を引き返し、家へと戻った。

「あいつが帰ってくるまで、あと一時間くらいか」

「そうね。今までだと大体そのくらい」

明かりをつけないまま家のダイニングテーブルに頬杖《ほおづえ》をつき、壁掛け時計に目をやった。真夜中の三時。月は煌々《こうこう》と夜空を照らし、窓からは黄金色の明かりが差している。

「茶でも飲んで待つか」

「あ、私が淹《い》れるよ」

「いや、いいんだ」

立ち上がって、キッチンへ入った。

「シンク脇の二段目の引き出しにハーブティーが入ってるから。カモミールはどうかな？」

「わかった」

キッチンに明かりを点け、専用のガラスのポットを用意してティーバッグをセットした。お湯が沸くのを待つ間、ぼんやりとガスレンジに灯《とも》った炎を眺めながら、今まさにこの瞬間、彼方が目にしているだろう光景を思う。

漆黒の空間に瞬く恒星の群れ。肉眼では見えない星雲も、望遠鏡でなら姿を確認できる。おそらく彼方が持ち出したのは、まだ俺が学生の頃、五万ほどで手に入れた一台だろう。反射式で湿度や衝撃の影響を受けづらく、初心者でも扱いやすい。それでも、倍率は三五〇倍と高く、星雲や土星の輪などの天体でもくっきりと観測できるはずだ。

春にしては風もあり、空は澄んでいた。

「月のクレーターでも見てるかな。あと、こと座の流星群か。流星群がメインだったら、今日は早めに帰ってくるかもな。満月だし」

知らずに呟いた瞬間、しゅんしゅんとやかんのお湯が沸いた。ティーポットに注ぐと、すぐにカモミールの香りが広がる。興奮のせいか昂《たかぶ》っていた神経が微かに和らいでいった。二人分のカップに注ぎ、ダイニングテーブルまで運ぶ。

「ありがとう」

一華が両手でカップを包み込むようにして受け取った。

「熱いぞ」

「うん、平気」

再びテーブルを挟んで、一華と向き合うようにして腰掛ける。

「怒って二人に突進するかと思った」

カモミールティーを一口飲んだあと、一華は、こちらを上目遣いで覗き込んだ。

「あいつらが持ち出した望遠鏡が五十万のほうだったら、そうしてたかもな」

いや、それでもさっきと同じように、あいつらには気づかれないよう帰ってきただろうか。

「まさか天体観測が目的だったなんてね。亘《わたる》も、小五の時にはもう望遠鏡を覗いてたんだっけ？」

「そうだな。でも、あいつが今覗いてるやつより大分性能は落ちるぞ。月のクレーターくらいは確認できたけど」

何と言うこともないやりとりに若干の緊張が滲《にじ》むのは、天文関係の話題が二人の間にのぼらなくなって久しいからだ。

もう十年以上、空を覗いていない。

天体ショーのニュースをスマホで目にしてはさっと画面をスライドし、天文関係の友人達との交流もほとんど絶ってしまった。一華とは大学の天文サークルで知り合ったから、共通の友人は山ほどいるというのに、少なくとも俺は毎年誘いを断っている。

「彼方に望遠鏡の見方を教えたの、一華じゃないのか?」

「まさか。そりゃ、星バカになってくれたら嬉しいとは思って図鑑くらいは与えたけど、亘の望遠鏡に触れさせるなんてこと、してないよ」

すごく怒られそうだし、と言葉のつづきが頬に浮かび出ている。

大学は理学部で宇宙物理学科、天文学専攻。天文の道に進みたくて選んだ学部だし、お世辞にも潰しが利くコースじゃない。

星バカなんて、あの頃の自分は、その形容を勲章だと思っていた。

一華とは、星とキャンプ料理を楽しむインカレサークルで出会った。女子大から人を呼び込むために、無理にキャンプ料理を打ち出していたが、男どもはただの星バカ集団だ。最初の飲み会で半分の女子は消え、二度目の飲み会を経て、いざ活動に参加する女子は毎年十名にも満たないという小所帯。男はそれでも、女子の倍はいただろうか。とにかく、一華は、貴重な女子のうちの一人だった。

「何考えてるの? もしかして、彼方が戻ってきたら怒るつもりじゃないよね?」

「まあ、盗みや暴力をやってたってわけでもないし。でも、類人の親御さんも心配するだろうから、夜中にこそこそ行くのはやめてもらわないと。悪いけど、あいつらが観測に行くときの同行、これから頼んでもいいか？」

一華の瞳に、失望が、流れ星のように浮かんで消えた。

「あいつと話すのは俺がするから」

なぜか言い訳がましい口調になる。

「ううん、私もいっしょに彼方と話すよ。亘は星の話、あまりしたくないでしょう？」

「――悪い。ちょっと寝室にいるよ」

マグカップに残ったお茶を一気に飲み干して席を立つと、寝室へと移動してスイングチェアに腰掛けた。いつもは、一華が座って読書をしている椅子だ。

体を前後に揺らすたび、昂った神経が、触れたくもない過去を手当たり次第に刺激してくる。

いつの間に、俺の人生はこんなに宇宙から遠ざかったんだろう。

「私、宇宙人と友達だったんですよ」

新歓コンパで、一華が俺に放った最初の一言だ。

貴重な女子の隣の席を確保して浮かれていた俺は、思わずウーロン茶をグラスに注《つ》いでいた手を止めた。

「一華ちゃんって、もしかして見かけによらず危ない系？」

それとも、先輩達にわざと濃い酎ハイでも飲まされたのだろうか。

あの時、確かさりげなく一華のグラスを手に取って（露骨にやると暴れる酔っ払いもいる）匂いを確かめた。グラスの中身はただのウーロン茶で、つまり彼女は酔っていなかった。

「私、ど素面《しらふ》ですよ。本当に宇宙人と友達だったんです。UFO見たい、見たい、見たい、って念じてたら、急に、日付と時間が頭の中に送られてきて。近くの山に行けばいいんだっていうことまでわかって」

「いやいや、ちょっと待って。今のくだり、もっと詳しく教えてよ。それって、文字で浮かぶわけ、それとも音声で伝達されるわけ？」

星バカは、UFOバカでもあった。

一華が、身を乗り出した俺を見て、意外そうに目をしばたたいた。あの時の顔ときたら！

「信じてくれるんですか？」

「だって俺達も宇宙人なんだし、他の宇宙人の存在を否定する合理的な理由がないと思うんだけど」

一華が後に語ったところによると、俺のこの言葉で、それまでバカにされたり、変人扱いしかされてこなかった自分が、人間になれたような気がしたのだという。そう言われてみればあの夜、彼女は、生まれたてのように無垢《むく》な瞳を輝かせていた。宇宙人に見込まれる人間というのは、こういう澄んだきれいな目をしていなければならないのだと、俺は半ば絶望を感じながら、一華の、高く心地よい声に聞き惚《ほ》れていたのを今でも覚えている。

俺達は、ごく自然に付き合いはじめた。

昼も夜もなくバイトをしていたのは、すべて天体望遠鏡やアクセサリパーツを買うためだった。自分が宇宙の秘密に近づくことはあっても、遠ざかる日が来るなんて疑いもしていなかった。

スイングチェアが揺れる。過去が浮かんではははじけ、脳裏に残像をまき散らしていく。大学を卒業したあとは、大学院へ進み、研究に没頭した。天文学者になるには、院卒が最低限の条件だからだ。研究内容は、ブラックホールを取り巻く「ダストトーラス」について。ほぼ全ての銀河の中心にはブラックホールがある。そしてその周りを、塵《ちり》やガスがドーナッ状のリングを形作って取り巻いているのだが、それは一体なぜなのか。いつ、どうやってできたのか。そんなことが研究テーマだった。

卒業後は、満を持して天文研究所へ就職するか、もしくは大学に残って助教、いずれは教授となって研究をつづけるつもりだった。しかし、ある意味既定ルートだった道筋は、院生一年目の春、突然、消えた。家業の倒産が原因だった。

私立大の天文学部の院。バイトなどで働きずくめの生活を送れば、あるいは院に残ることも叶《かな》ったかもしれない。しかし、多額の借金を抱えた両親がこれまで自分にかけてくれた愛情を思うと、その選択肢は自《おの》ずと消えた。

院生一年目と言えば二十三で、まだ修士でさえない。その中途半端な身分で「こうなったからには、宇宙に無関係な職に就くつもりだ」とこじれた発言をしていた俺のために、教授が奔走《ほんそう》してくれ、医療機器メーカーへと押し込んでくれた。

一華との交際はその後もつづき、ごく自然な流れで結婚した。

俺の実家への仕送りもあったから生活は楽ではなかったのに、一華は毎日楽しそうだった。彼方の名前を提案してきたのは一華だ。宇宙とは関係ない名前を考えていた俺は少しためらったが、いい名だと思った。

いつまでも違和感の消えないサラリーマン生活を必死でこなすうち、彼方が生まれる前に父親が、あとを追うように母親が亡くなり、保険金とともに借金が消えた。

同時に、俺は抜け殻になった。

あと一年、院を出てから倒産してくれていれば。

そんな声が、まだ未練がましく頭の中でこだまする。こんなはずじゃなかった。こんな人生を歩みたかったわけじゃなかった。

スイングチェアが軋《きし》む音に混じって、玄関の開く音がした。彼方が帰ってきたのだ。

「おかえり」

一華の抑えた声がする。なぜか彼方の立場のほうに同調し、見つかった、と背筋が冷えた。

「起きてたの⁉」

驚く彼方の声を合図に、寝室のドアを開け、玄関とリビングをつなぐ廊下へと出る。いたずらを見つかった少年の表情というのは、古今東西、こんな様子だろうという顔で、彼方が靴をはいたまま固まっていた。

「いいから、とりあえず家の中に入ってこい」

告げると、「まじかよ」と小さな声で呟き、のろのろと靴を脱いでいる。先にダイニングテーブルで待っていると、やがて彼方が神妙な顔をして現れた。

「お父さんとお母さんの前に座って」

一華が対面の椅子を指し示すと、真面目くさった顔で頷き、背もたれにぽすんと体を預けた。甘んじて責めは受ける、という姿勢に、まずは安堵《あんど》する。隠れて外出した以外の疚《やま》しさがあれば、こんな風に親と対峙《たいじ》できないだろう。

さきほど一華と相談した通り、尾けていったことは隠したまま質問することにした。

「こんな明け方、どこに何をしにいっていた？　かれこれ、三時間はいなかったな」

「裏山だよ。別に——何してたってわけでもなくて、ぼうっとしてただけ」

「一人でか？」

彼方が頑固に口元を引き結んで頷いた。

友達をかばった息子を好ましく思う気持ちも強いが、やはり言うべきことは言わなければならない。何しろ、少年二人で山に出掛けるには危険の多い時間帯だ。

「ぼうっとしてたって、具体的には何をしてたんだ？」

「別に、ただ空の星とか見てただけだよ」

なるほど、嘘はついていない。が、本当のことを言ったわけでもない。

なかなか抜け目のない答えに息子の成長を思い知らされ、うっかり感心してしまう。

しかし一華のほうは、追及の手を緩める気はないようだった。

「星、ね。今夜なら、こと座の流星群なんかが随分と見頃だったでしょうねえ」

「そ、そうそう。それ。こと座流星群」

一華の両目が猫のように細められたのが、横にいてもわかった。この目をしている彼女からは、俺でも逃げ切れたことがない。

「あ、でも今日は満月だったわね？　明るい夜空じゃ、流星群なんて見づらかったんじゃないの？」

罠《わな》を仕掛けたあと、爪を研《と》いで相手の出方をうかがう一華を前に、彼方は憐《あわ》れなほど狼狽《うろた》えている。

「え、いや、そりゃ最高のコンディションってわけじゃなかったけど――」

「もしかして、望遠鏡か何かを持っていったとか？」

「うん、それ！　望遠鏡だと、満月でもけっこう見えちゃうんだよね」

「へえ、望遠鏡はどうしたの？」

「あ、ええと、友達に借りてさ」

もうダメだなと、やはり息子の側に立って同情してしまう。

「そうなの？　でもよく考えたら流星群に望遠鏡なんておかしいわね。どこにいつ流れるかわからないのに、丸く区切られた視界じゃ、見られるチャンスが限られるもの。本当は、望遠鏡で何を見てたの？　それに、望遠鏡を貸してくれたお友達は誰？」

「それは――」

万事休す。母親のしかけた誘導尋問に、十一歳の少年が抗《あらが》う術はやはりなかった。観念した彼方が、ついに白状する。

「望遠鏡は類人に借りた。月を見てたんだよ。晴れてるし、クレーターとかきれいに見えると思って、類人を誘って見に行った」

「なるほど。月の出る時間に合わせて、この時間になったってわけね？」

観念したのか、彼方がしおらしく頷く。

冷静に考えれば、流星群の観測に望遠鏡が向いていないことなど、普通の母親が鋭く突っ込むのはやや不自然なのだが、そこは子供なのだろう、疑問に思うことはなかったようだ。

「お父さんからも、何かないの？」

一華の不満気な声に慌てて居住まいを正し、口を開いた。

「こんな時間に子供達だけで外に出ることが、危ないってことはよくわかってるよな」

彼方が、にわかに身構える。母親には通じた微かな甘えが、父親には通じないことを知っているのだ。

「今度から、観測に行く時はお母さんに言うこと。それと、必ずお母さんと一緒に行くこと」

「え、また行っても、いいの？」

「月のクレーター観測を反対する理由はないだろう？　な、お母さん」

「――ええ、そうね。でも親に黙ってこんな時間に抜け出してたなんて」

一華の表情は固いままだった。まだ何か心配なことでもあるのだろうか。もしかして、星の世界と関わることで、俺がさらにストレスを抱え込まないかと危惧《きぐ》しているのかもしれない。一方、彼方のほうは目に見えてほっとした表情になった。多分、思ったよりもお咎《とが》めが少なかったのだろう。

「お父さんは一緒に行ってくれないの？　お父さんとも行ってみたいんだけど」

「俺は、星やら何やらはちょっと苦手なんだ。僕、お母さんは、学生の時、天文サークルにいたから俺と行くより楽しいと思うぞ」

「ああ――ええと、本当？」

「本当よ」

「そう。そっか、うん。僕、そんなこと全然知らなかったから」

一華は一瞬、口元をむずむずとさせたが、落ち着かない様子の彼方をきっと見据《みす》えた。

「いいから、取りあえず寝られる分、寝なさい。学校で居眠りなんてしたら、問答無用で天体観測を禁止にするからね」

「わかった」

慌てて椅子を引いて立ち上がった彼方は、弾んだ足取りで自分の部屋へと帰っていった。

父親が天文学者を目指していたことなど、彼方は欠片《かけら》も知らない。医療機器メーカーに勤務する無趣味なサラリーマンのおっさん。声を荒らげることはないが、面白味もない。

冴《さ》えない親父のことなんて、そんな風に思っているだろう。

――そんな父親でいいのか。

胸に小さな亀裂が走る。そんな亀裂を、毎日つくりながら生きている。

一華と二人、寝室へと戻り、ひたすら呼吸の音に意識を集中させていた。

＊

少しうとうとしたと思ったら、もう朝だった。ぎりぎりまで寝ていた彼方は一華にたたき起こされ、寝不足で真っ赤な目のままパンを口に運んでいる。

「学校で寝るなよ。お母さんが知ったら、本当に禁止にされるぞ」

コーヒーを準備している一華の目を盗んで、こっそり彼方に耳打ちする。

「うん、わかった」

真面目くさった顔で頷いたあと、大口を開けてパンにかじりつく顔は幼児だった頃とそう変わらない。

「お父さん、どうして星が苦手なの？　あんなにきれいなのに」

とっくに飲み込んだパンを嚙むふりをつづけたあと、逆に尋ね返した。

「彼方はなぜ星が好きなんだ？」

「え～？　だって宇宙人、いるかもしれないじゃん！」

危うくコーヒーを噴き出しそうになった。

どうやら、遺伝は遺伝でも、一華のほうから強く受け継いだらしい。

「あ、お父さん、今バカにした⁉」

「いや、してないよ。ただ、宇宙人がいたら面白いなと思っただけだ」

その後、身繕《みづくろ》いを済ませ、あくびまじりに出ていく息子の背中を見て、よくわからない感慨がこみ上げた。

もう、親に何でも話さなくては気が済まなかった子供ではないのだ。

弾むような音をたてて玄関ドアが閉じたあと、まだコーヒーの残りを飲んでいた俺のもとへ一華がやってきた。

「ちょっと来て」

「どうした?」

「さっき、類人君のお母さんに電話して聞いてみたんだけどね、類人君ちでも、天体望遠鏡を買ってないんだって」

「それじゃ、やっぱり家から持ち出したのか?」

あいつ、なんでこの期《ご》に及んでそんな嘘をついたんだ?

椅子から立ち上がった時、若干、目眩《めまい》を感じた。一華に促されるまま天体望遠鏡がしまい込んである納戸の前に立つ。

「あなたのも私のも、天体望遠鏡は片付けた時のまま残ってる。自分の目で確かめてみて」

手前の掃除機を取り出すくらいしかしていなかった納戸のドアを開け、久しぶりに奥まで入った。この家に越してきたのは彼方が生まれる直前だから、十年以上ぶりに、天体望遠鏡が収まった箱に手を触れることになる。俺のが二台、一華のが一台。合計三台とも、箱の中にきれいに収まっており、最近、開けられた形跡はなかった。

「それじゃ、あいつらが覗いてたのは一体誰の望遠鏡なんだ?」

「わからない。もしかして、類人君だけじゃなくて、他にもお友達がいるのかもしれないし。変に知恵の回る子だから、最低限、気心の知れている類人君の名前を出して、あとの子のことは守ったのかもしれない」

「類人君の家とも、もう少し話してみたほうがいいかもしれないな」

言いながら、ポケットからスマートフォンを出して時刻を確かめる。

「ごめん、そろそろ出社の時間だよね」

「お互い様だろ。急ごう」

一華のほうが職場に近いから、俺が一足先に家を出なくちゃならない。

寝不足のまま外へ出ると、似たような大きさの家から、似たような格好をした人々が次々と出てきた。ちょうど玄関ドアを開けた隣家の共働き夫婦と挨拶を交わし、あとは無言で人の流れに沿って駅まで向かう。

道に出て右へ。一歩進むたび、昨日、彼方が星空を見上げていた裏山が遠ざかっていく。

＊

また、気の重い研修がやってきた。

評価の低い部下に対し、彼らのやる気を損ねず、厳しい評価を前向きに捉えられるよう告げるトレーニングを行う。そんな研修に、午前中はずっと時間を取られる。

「頑張って取り組んでいたのは知っているんだけどさ、結果として目標値に達していなかったというのが、ええと――」

「いや、それは目標を高く設定しすぎたっていうところがあって」

部下役の指導員が食い下がってくる。佐原の顔が思い浮かんだ。あんなガラスみたいな奴、どんな伝え方をしたって傷つくだろうに、なぜこちらが気を遣う必要があるんだ？

「それはそうかもしれないんだけどね。他のメンバーと比べて君の目標値が特別高いというわけじゃ――」

「はい、時間切れです」

言葉を選んでいるうちに、肝心の評価を伝える前に時間切れになってしまった。評価面談は管理職の大事な役割であり、これにしくじれば、今度は上司としての俺の査定に響く。

佐原は今日、とうとう無断欠勤をやらかしてくれた。電話連絡も勤怠管理システムへの入力もなし。俺からの電話にも折り返しがない。

とにかく、研修といえども日頃の業務なみに気を遣う。午前中の研修を終えた時点で、すでに燃料を使い果たしてしまった。

午後は午後で、出勤する人間とテレワークをする人間との調整に忙殺され、結局、自分の仕事にはほとんど手がつけられずじまい。

馬鹿らしくなって出先へ立ち寄ることにして、いつもよりずっと早く職場を出た。二時間近く電車に揺られ、ようやく駅に降り立ったが、それでも春の空はまだ薄橙色に覆われており、金星が月に寄り添って強く光っている。

——そのUFOって、どの星から来たとかわかる？　よく金星人とか言うけど。

——もう彼らの星は滅びて、宇宙船で暮らしてるんだって。

一華と交わした古い会話が甦《よみがえ》ってきた。二十歳そこそこで交わした会話は、星の時間に比べれば、ほとんど今さっきの出来事に等しい。いや、物理学的な立場に立てば、過去、現在、未来という時系列そのものが、そもそも存在しないのだが。

だからどうだというんだ。俺はもう、物理学の世界じゃなく、金の世界で生きてる。

視線を前にやると、背中をオレンジに染めて帰宅する人々の間に、見慣れた華奢な背中が見えた。

今頃は、まだ近所のサッカークラブでボールを蹴っている時間ではなかったか。

「彼方?」

知らずに早足になる。もう大声を出さなくても声が届くというところまで近づいたところで、声をかけようかどうか迷い、歩調を緩めて再び距離を取った。

このまま尾行すれば、きっと彼方の嘘はもっと暴けるだろう。しかし、それでいいのだろうか。真実を知ったあと、今朝の研修のように、言葉を選びながら息子と話すのか?

気がつくと、再び歩調を速め、息子の名前を口にしていた。

「彼方!」

細い脚がぱっと歩みを止め、今朝と同じ場所に寝癖をつけた頭がこちらを振り返った。

「よう、どうした。今日、サッカークラブじゃなかったのか?」

予想外の遭遇に、彼方はあどけない表情のままこちらを見上げている。

「どうした、大丈夫か?」

「ああ、うん。昨日のこともあって、ちょっと眠かったし、サボった」

「そうか」

思ったよりも率直な答えが返ってきた。しかし、なぜか少年の瞳は落胆に満ちている。

息子に正直になってもらうには、こちらも正直になるべきだ。

覚悟を決め、告げた。

「なあ、彼方。お父さんさ、昨日、本当はお母さんといっしょに、彼方のあとを尾けたんだ」

「それって――お父さん達も昨日の夜、裏山にいたってこと？」

「そういうこと。ちなみに、あの天体望遠鏡が類人君のものじゃないことはもうわかってる。なあ、なぜ嘘をつくんだ？　星を観ることって、そんなに隠さなくちゃいけないほど、悪いことだと思ったのか？」

彼方は、こいつもこんな顔をするような歳《とし》になったのか、というほど複雑に表情を歪《ゆが》ませた。どうにか当てはまる言葉を探し当てたのか、ようやく口を開く。

「嘘、つかなくちゃいけなかったんだ。僕、誰にも言わないって約束したし」

「約束？　類人君とか？」

「違うよ。じいさんと」

「じいさん？　東京の？」

東京に住む義父と何か約束を交わしたのだろうか？　しかし、彼方は違うと首を振った。

「もしかして、そのじいさんって人が、天体望遠鏡の持ち主なのか？　その人が、自分のことを誰にも言うなと約束させたのか？」

じいさんは、Gさん、地井さんなどではなく、おそらく爺《じい》さんだろう。彼方は少し考える仕草をしていたが、やがて心を定めたのか、こちらをまっすぐに見上げてくる。

「お父さんもいっしょに来てみる？　もし気に入られたら、中に入れてくれるかも」

どうやら、これからその〝じいさん〟のところへと出向くつもりだったらしい。断るという選択肢はもちろんない。それどころか、友達に新しい秘密基地に来ないかと誘われた時のようなノスタルジックな喜びさえ感じていた。

怒らなくちゃいけない場面なのに、それでいいのか？

しかし、黙ってあとを尾けるよりは、よほど上等に思える。

「わかった。お父さんもいっしょに行く」

父親然とした、威厳のある顔つきができているかどうかは自信がなかった。彼方が、「やりぃ」と小さく飛び跳ね、弾んだ足取りで歩き出す。

「じいさんとは、裏山を類人と探検している時に知り合ったんだ。すっげえ錆《さ》びてるフェンスがあって、そこを乗り越えたら、ドーム形の家があって」

商店街を抜け、自宅のある新興住宅地をも通り過ぎる間、彼方は興奮気味に、じいさんとの出会いについて教えてくれた。

「ドーム形の家？　確かにそんな家、あったたな」

「え、お父さん、じいさんの家を見たことあるの⁉」

「衛星写真でこの辺りを見た時に、やたら変わった家があるなあと思ってさ」

越してきたばかりの頃、自宅近辺をグーグルアースで覗いたことがあったのだ。

当時アップされていたのは少し前の衛星写真だったせいで、我が家さえもまだ建っていない閑散《かんさん》とした土地に、ブルドーザーが一台止まっているばかりだった。拍子抜けしてポイントをずらすと、しかし、面白い一軒家が映し出された。彼方が言う、ドーム形の家だ。

まるで家がまるごとプラネタリウムにでもなっているようで、屋根の半分はガラス、四分の一ほどはベランダ、あとの四分の一はシルバーの金属らしき素材になっているらしかった。ガラス屋根の部分は、空を存分に鑑賞できるように設計したのだろう。星バカなら皆、こんな家に住めたらと願う建築物だ。

「そのじいさんって、いくつぐらいの方だ？　何かお仕事をされているのか？」

土地代がさほど高くない土地柄とはいえ、敷地はかなり広かったし、それなりの建築費を投じなければあんな家は建たないだろう。

「う〜ん、多分、仕事とかはしてないと思う。でも、お金持ちなのかなとは思ったけど。家の中の家具とか、なんか高そうだし」

「そうか」

引退したどこかの富裕な老人か？

親として挨拶と謝罪に行く立場にもかかわらず、好奇心ばかりが膨らんでいく。

「そうだ、何か手土産でも持っていったほうがいいんじゃないのか?」

「いいよ、そんなの。迷惑がられるだけだって」

やがて、例の裏山の麓《ふもと》へとたどり着いた。ただし今度は、公園へとつづく階段は上らず、山を取り巻くように延びている道を左に歩いていく。

「この道なりに、出入り口があるのか?」

「うん。でも、車で通るだけじゃ、見えづらいかも」

緩いカーブのついた一本道を五分ほど歩いた時、彼方の言う通り、門へと続いているらしい分岐が現れた。軽自動車がぎりぎり上がれるほどの幅しかなく、コンクリートで舗装された道は、かなりひび割れている。

運動不足の身にはこたえる坂道を上がった先に、ついに門扉《もんぴ》が現れた。

「あそこでチャイムを鳴らすんだよ」

「おまえ、よくこんな道を上ろうと思ったな」

「まあ、俺と類人は、公園から雑木林を探検しているうちに敷地に入り込んじゃったんだけどね。最初はそれで、すっげえ顔で怒られちゃった」

彼方は悪びれずに笑っているが、通報されても文句は言えない状況だ。

「で、その慣れた様子じゃ、それからも何度も来てるんだろう。一体、何をしに? まさかサッカークラブを毎回サボって来てるんじゃないだろうな?」

しまった、とわかりやすく表情を歪ませたが、彼方の立ち直りは早かった。

「まあまあ、順番に説明するからさ。あ、サッカーは今日みたいにときどきサボってた。だって僕、どう頑張ったってレギュラーになれないしさ。気が合う感じの面白いやつも少ないし、そもそもスポーツってあんまり好きじゃないよ」

体育の授業が憂鬱《ゆううつ》だった少年時代の自分の姿が、息子のそれに重なった。

「じゃあ、やめればいいじゃないか。他に楽しいことはないのか?」

「だからそれが、今から行く場所にあるんだって。ちなみに、サッカーはやめたいけど、お母さんがさ、やめ癖がつくってなかなかOKしてくれないし。お父さんは最近、帰り遅かったしさ」

「——そりゃ、話を聞いてやれなくて悪いことしたな」

やめ癖、か。一華から俺には、何の相談もなかった。もしかして一華は、彼方が俺みたいな男に成長するのを危惧しているんじゃないのか? 中途半端に人生最大の夢を諦めて、いつまでも現実を受け入れきれずにくすぶっているような冴えないおっさんに。

唾をどうにか飲み下し、ようやく坂を上りきった。門扉の左側には防犯カメラが設置されており、門扉を形づくるフェンスは、下から見上げていた時よりもずっと背が高い。先が刃物のように尖《とが》って、見るだけで目の痛覚が刺激される。

彼方が慣れた手つきでインターフォンのボタンを押した。ほどなくして、スピーカーから嗄《か》れた声が響く。

『隣の男は誰だ？』

「僕の父親です」

『父親？』

あまり歓迎されていないことが、短い一言だけで伝わってきた。それでも、しぶしぶといった調子で、門扉が内側へ向かって開いた。

「行こう。まだしばらく歩くんだけど」

彼方の言うとおり、坂道はまだ半ばといった様子で、頂きに向かって道がうねりながらつづいている。

「車で移動するのが前提の道なんだな」

呻《うめ》くように呟いて、身軽に上っていく息子のあとを息を切らしながらついていった。

「ここ。ちょっとすごいでしょ」

先に坂を上がりきった彼方に追いつくと、一気に視界が開けた。

整備された芝生の庭が広がっており、その真ん中に、件《くだん》の家がドーム形の屋根を戴《いただ》いて鎮座している。下半分は焦げ茶の木材が使われており、ドーム状の屋根の半分は、やはり衛星写真で見た通りガラス製のようだ。ベランダ部分も、柵の代わりにガラスの仕切りが使用され、全体的にかなりモダンな印象を与える。

「お父さん、こっち。こっちに結構すごいものがあるんだ」

導かれるまま、家の背後に回ると、彼方の身長の軽く二倍はある電波望遠鏡が設置されていた。電波望遠鏡というのは、いわゆるパラボラアンテナのことで、かなり大雑把に言うと、電波を電気信号に変え、その電気信号を解析して画像で示せる望遠鏡のことだ。仕組みとしては、テレビと同じ。アンテナの傘が大きければ大きいほど、そして観測する電波が短いほど精度が上がるわけだが、目の前にあるパラボラアンテナは、一体、個人が何を観測しているのかと思うほど、大きい。

「すごいよね、これ」

気安く触れようとする彼方の腕を慌てて引いた。

「やめとけ。これ多分、ものすごく高いぞ」

「——百万円くらい？」

そうだよな、おまえの世界の最高額は、そのくらいだよな。でも多分、それ以上だ。

「お父さん、こっち」

袖を引かれて、ついに玄関先に立った。もはや、この家の持ち主に対する興味で胸の中がはちきれそうだ。

玄関脇のガラス製の表札には、『伊丹』と刻印されている。

チャイムをせっかちに押したあと、彼方が勝手に木製の玄関扉を開け、中へと踏み込んでいった。

「おい、彼方」

「じいさん！　今日も来たよ！」

「ふん、余計な荷物も運んできたみたいだな」

一段高くなった床に、彼方が〝じいさん〟と呼ぶ人物が立っていた。卵色のカーディガンの中は白いシャツ、下はチノパン。街で見かける身ぎれいな品のいいシニア、といった印象の人物だ。

それはそうだろう、こんな設備を用意できるのだから、それなりの資産を築いた人物に違いない。引退した経済界の大物、それとも、代々つづく資産家のご隠居だろうか。

ただ、格好とは裏腹に、伊丹《いたみ》さんの顔つきはかなり剣呑《けんのん》だった。金持ち喧嘩《けんか》せず、という格言は、彼には当てはまらないらしい。

「突然押しかけてしまい申し訳ありません。息子の彼方がいつもお世話になっております。彼方の父親で井上《いのうえ》亘と申します」

じいさんの皺《しわ》ぶかい顔が歪められ、さらにしわくちゃになった。

「ここは託児所じゃないんだがな。あんたんとこでは、息子に、隠居した老人の家なら無断で入っていいと教育しているのか」

なんと言われても弁解のしようがない。肩を竦《すく》め詫《わ》びつづける横で、彼方が焦《あせ》って弁明しはじめた。

「なあ、じいさん、もう怒らないでよ。僕、自分でいっぱい謝ったんだし、お父さんもこうして反省してるんだしさあ」

どの立場で喋《しゃべ》っているんだか不明な息子の必死の弁解に、ようやくじいさんの表情が、ほんの僅かだが和らいだように見えた。もちろん、気のせいかもしれないが。

「とにかく入れ。そろそろ見える時間だ」

言いながら、じいさんが円形の家の中を半分に仕切っているらしい廊下を進んでいく。

彼方は勝手知ったる様子でスリッパを二人分用意し、ついてくるよう促した。

彼方が履いているのは子供用のスリッパだった。たまに遊びにくる孫用のものかもしれないが、それでも使わせてもらっているあたり、完全に迷惑がられているわけではなさそうだ。

「じいさんがそろそろ見えるっていったの、何のことだと思う？」

金星、という言葉がすぐに浮かぶ。駅に降りた瞬間に見えたあの光の強さなら、月夜でも何とか見えるのではないか。

「さあ、何のことだか。お父さん、星のことはさっぱりだし」

「――ふうん、そっか」

またつまらないおっさんだと思われたな。

右半分を構成している部屋の中へと、彼方達のあとからついていく。入ってすぐの壁際に沿って階段があった。

「こっちこっち、上ってきて」

頷いて狭い階段を上り始める。階段の先は、例のベランダだ。一段上るたびに空へと近づいていくのがわかる。最後の一段を上り終え、ベランダと部屋との境に立って、一旦、立ち止まった。

この先に、俺は出ていいんだろうか。

開け放たれたドアの向こうには、軽く四十センチ口径はありそうな望遠鏡が佇《たたず》んでいる。少し角度を変えてみると、ミード社のロゴマークが見えた。光学機器は高額機器を地でいく代物で、おそらく俺の給料の手取り半年分くらいはする。

そうか、金星じゃなくて、もしかして土星を観るのか。

あの望遠鏡なら、土星の環《わ》だけではなく、外側と中側の環の間にある隙間——カッシーニの間隙はもちろん、いくつかの衛星まで確認できるだろう。

つまりこの先は、星の世界だ。もう俺とは、一切関係のない場所だ。

瞬《また》くたびに語りかけてくるようだった星々は、今見上げても、ただ冷えた光で心をえぐるだけ。

「お父さん、来ないの？」

「ああ、うん。今日は、止《や》めとくかな」

息子の目に、妻と同じ落胆の流れ星が現れて消えた。もしかして、俺の心を一番えぐるのは、この星かもしれない。それでも、ドアの向こうへは行けない。

「お父さんは下で待ってるよ」

再び階段を下り、芝生を見渡す窓のそばに佇んだ。

階段はベランダと同じく手すりがガラス張りになっており、その奥には天井までの本棚がしつらえられている。興味を引かれ、近づいてみると、ほとんどが天文関係の書籍だった。英語のものも少なくない。

伊丹。下の名前は何だろう。天文関係の知られた研究者に、そのような名字の人物はいただろうか。いずれにしても、階段を下りたところで、星の世界はいやというほど広がっていた。

「人の家の中をじろじろ見渡すのは、親子共通の趣味か？」

背後からの声に、慌てて振り返る。

「申し訳ありません。でも、私とは縁がなさすぎて、まったく内容がわかりませんでした」

「そうか。そうだろうな。大抵の人間にはそうだ」

「ベランダには、行かないんですか？」

「もうあの子はふざけて落ちるような歳でもないだろう？　まあ、土星を覗いてるうちは、ふざけている暇もないはずだ」

やはり土星を観測するつもりだったのか。

「でも、あんなに高価な機材を子供に触らせていいんですか？」

「なぜあれが高価だとわかる？」

「いや、別に。ただ、あんな大きな望遠鏡ですし」

「使い方はきちんと仕込んである。心配いらない」

「――そうですか」

鼓動がうるさかった。確かに、あれが高価かどうかなんて、天文に縁のない人間にとっては一見わからないものなのかもしれない。

じっと探るような視線にさらされ、それこそ敷地に不法侵入した子供のように落ち着かない心地になった。

「なぜここへやってきた。言っておくが、私はおたくの息子に押しかけられているだけで、むしろ迷惑をかけられている立場だ。文句を言いにきたのならお門《かど》違いだぞ」

「いえ、文句など。彼方がこちらにお邪魔しているのを知ったのは、今日がはじめてで。てっきりサッカークラブに通っているものとばかり思っていたら、クラブをサボって、時々こちらにうかがっていると言うので驚いたんです。親としては、頭を下げてお詫びをするしかございません」

黙礼すると、不機嫌な声が飛んでくる。

「よせ、面倒なやりとりは苦手だ」

会社人生を歩んでいれば嫌でも身につくやりとりの型のようなものを、目の前の相手は一つも習得していないらしかった。羨ましいのか、妬《ねた》ましいのか、自分でもよくわからない。

「彼方はここで、いつも天体観測を？」

尋ねた時、コーヒーの香りが漂ってきた。

「飲むか？」

咄嗟《とっさ》に頷くと、「ついてこい」と告げ、伊丹さんは部屋の外へ出ていく。あとを追うと、廊下の少し先のドアから、ドーム形のもう半分の部屋へと入る背中が見えた。

そちらは――。ためらいつつも足を踏み入れ、誘惑に抗えずに天井を見上げる。

やはり天井はまるごとガラスで、向こう側には、墨で染め抜いたような夜空が広がっていた。透明なガラス板が何枚もつなぎ合わされているのだが、もし今、室内の照明を切れば、つなぎ目は夜空に溶け、野外にいるような錯覚に囚《とら》われるだろう。

「すごいですね」

「そうだな。悪くない」

伊丹さんが、コーヒーの注がれたマグカップを手渡してくれた。

「失礼ですが、天文関係の研究者の方ですか？」

「この環境で、それ以外の何かだったら驚くだろう」

頷いて、さらに尋ねる。

「ご専門は？」

話してわかるのか、とでも言いたげに片眉を上げたあと、伊丹さんが口を開いた。

「ＳＥＴＩ《セティ》だ」

「ＳＥＴＩ⁉」

驚きのこもった復唱をしたあと、はっと口を噤《つぐ》んだ。

「なんだ、知っているのか？」

伊丹さんが初めてしかめ面を解いた。もしかして同好か？　という好奇心が、落ちくぼんだ目からこぼれ出ている。

「いえ、知りません」

「紛らわしい反応をするな」

心底つまらなそうに呟くと、伊丹さんは「上へ行く。好きに過ごせ」と言い残して部屋を出た。

どうやら、息子につづいて伊丹さんにも、つまらないおっさんだと認定されたらしい。

コーヒーを口に含むと、強い苦みのあとに、酸味もしっかりと舌に残った。美味《うま》い。

一人残された部屋で、再び、天井を透かして空を観る。そうだ。俺にとって、空は何気なく見るものではなく、明確な目的を持って観るものだった。

「すげえ、縞《しま》模様まで見えた！」

彼方のはしゃぐ声が、緩く開いたドアの向こうから漏れ聞こえてくる。

「え、これがタイタン⁉」

あの大口径のレンズが映し出しているであろう土星の姿が浮かんできた。特徴的な茶系の縞模様、それを取り巻く環は、誰かが人為的に造作したかのように美しい円を描いて土星を取り巻いている。不動に見える環だが、実際には氷の粒子となって、土星の表面へ雨のように降り注ぎ、ものすごいスピードで崩れているのだ。

脳裏の映像は、いつしか土星から、ブラックホールのそれに変わっていった。この家のすぐ脇にそびえる電波望遠鏡なら、ブラックホールを撮影するプロジェクトにも参加できるかもしれない。美しい暗黒の穴の周囲を取り巻くリングまで撮影可能かもしれない。その画像から、多くのことが分析可能になるかもしれない。

摑み損ねた夢は仮定だらけで、コーヒーカップを握る手の平が虚《むな》しく汗ばんでいく。

部屋を出る間際、照明のスイッチを切った。再び天井を見上げたい誘惑に駆られたが、結局、俯《うつむ》いたまま部屋を出た。

＊

「すげえ面白かったでしょ、じいさんの家」

帰り道、彼方の声は足取りと同じくらい楽しそうに弾んでいたが、俺の気は重かった。このあと帰ったら一華にもことの次第を報告し、サッカークラブを辞めさせるよう説得しなくちゃならない。

「ねえ、僕さ、これからもじいさんの家に行っていいんだよね」

「伊丹さんがいいっておっしゃってくださっている限りはな。だけど、内緒で行くのはダメだ。必ず連絡すること。それと、できればお母さんと一緒に行くように」

「ええ!? それってかえって迷惑じゃないの？」

「だからって、子供だけで行かせるわけにいかない。少なくとも、一度はお母さんもご挨拶にうかがわないと」

一度あの家に足を踏み入れたら、一華も行くのを嫌がりはしないだろう。彼方のためというのもあるが、自分の楽しみのために。

一華は俺に遠慮して、自らの望遠鏡を封印しているのだ。そろそろ解放してやりたかった。

区画整理された住宅街へと入る手前で、彼方が思い切ったように尋ねてきた。

「あのさ、お父さんって、仕事つまんないの？」

「え？」

彼方は、ごく真剣な表情でこちらを見上げている。あまりにも不意打ちで、親として正しい返答が見つけられず、しばし立ちつくした。

この表情の我が子に、嘘をつきたくない。かといって、本心を告げることはできない。

「楽しいに決まってるだろう」

彼方がゆっくりと首を左右に振る。

「嘘だ。仕事、つまんないでしょう。我慢してつづけてるのって、僕のせい？　僕を育てなくちゃいけないから？」

「まさか」

短い一言を発したきり、言葉がつづかなくなった。

「辞めていいよ。僕はサッカークラブ辞めていいのにさ、お父さんは辞めちゃダメなのって変でしょ？　僕、別に家が貧乏になってもいいよ」

これは、感動していい言葉なのかもしれない。だが、俺には、ただの刃《やいば》だった。十一歳の子供が、父親がつまらない顔をして通勤していることを見抜き、気遣っている。父親にとって、これほど身につまされる出来事があるだろうか。

こんな背中を、息子に見せつづけていいのか。

常に心の奥底で靄のように漂っている憂鬱が、くっきりとした声になって響く。

「そうか。彼方は、そんなことを思っていてくれたのか。ありがとうな。あのさ、伊丹さんのことやサッカークラブのことは、まず俺からお母さんに上手《うま》く話しておくから、いったん預からせてくれよ」

「――うん、わかった」

こんなことくらいしか、今はしてやれない。もしかしてこれからも、ずっと。

話を逸らして、家に戻るのが精一杯だった。


その夜、彼方が寝て静かになってから、一華に伊丹さんのことを話して聞かせた。まず母親らしく彼方のサボりに腹を立てた一華は、つづいて伊丹さんに迷惑をかけていなかったかをしきりに気にしだしている。

「決して迷惑をかけていないとは言えないんだけど、歓迎されてないってわけでもないと思う。現に、何度もお邪魔しているわけだし」

「そんなに何度もサッカークラブをサボってたわけ？　クラブもクラブよ。連絡をくれたっていいのに」

「まあ、塾とかでちょくちょく休む子も多いしな。あいつ、本気でサッカー楽しくないみたいだぞ」

「でもやりたいって言い出したの、あの子よ？　そんな簡単に辞めさせていいの？　ユニフォーム代とか、入会金とか色々かかってるし」

「うん。でも今はさ、何でも色々やってみて、肌で好き嫌いを感じていい時期なんじゃないのか？」

　それでもまだ頷ききらない一華に、とっておきの最終兵器を囁く。

「伊丹さんのとこにさ、四十センチ口径くらいのでっかい望遠鏡があったんだ。あれが覗けるんじゃ、そりゃ、サッカーより伊丹さんのところに行くだろうよ。何せ、俺らの子だしさ」

　わかりやすく目を輝かせるかと思ったら、一華はひゅっと息を吸い込んだあと、複雑な表情をした。

「あのさ、前々から思ってたんだけど、別に俺に気を遣うなよ。二人が天体観測を楽しむのは全然気にしない。むしろ、そうやって気遣われるほうが戸惑うっていうか」

「そっか。そうだよね」

「今夜なんて、彼方にまで気遣われちゃってさ」

「え、何があったの？」

　先ほど、彼方の口から放たれた言葉達を、そっくりそのまま一華に伝える。

「俺、毎日、出勤の度にそんなにつまんなそうなオーラ、出してたかな」

「うん、出してた」

あっさりと肯定され、わかっていたことでも肩が落ちる。

「実は、私にも一度、聞いてきたんだよね。一ヶ月くらい前だったかな。お父さんって、仕事つまんないの？　仕事ってつまんないのって。彼方を尾けた夜、何か変わった様子がなかったか聞いたでしょ？　あの時、打ち明けようかと思ったんだけど」

その先を言い淀《よど》んだ一華を責めることはできなかった。

「そうか。何て答えたんだ？」

「人によるよって。お仕事が楽しくて仕方がないっていう人もいるし、お仕事がつまんなくて変えたいとか、辞めたいって思ってる人もいるんだよって」

つい、自嘲気味の笑いが漏れる。一華が、真面目だった表情をさらに引き締めた。

「でも、いつでも選び直せるから心配しなくていいよ、とも言ったけどね」

宇宙人はいると心底信じている瞳が、俺を捉える。逃げようとするのに、射《い》すくめられてできない。

「いつでも、選び直せるよ」

「いや、そんな簡単なことじゃないだろう。もう、そんな迷惑かけられないよ」

「簡単だよ。決意すれば、世界は明日変わるんだから」

「ごめん、疲れてるんだ。そういうの、今日はいいから」

「ねえ、もっと自分を大事にしてよ。私も彼方も、あなたが心配なの。私達、あなたを不幸にしてまで今の暮らしをつづけたいなんて思ってないんだよ」

好き勝手なこと、言わないでくれよ。俺は、二人のためにあの電車に揺られてるんだ。決まった時間に決まった席に毎日座って、その対価に、決まった給料をもらってるんだ。人生の時間を売り渡して、家族のために金に換えてるんだ。

これを、どうやってオブラートにつつんで伝えればいい？　会社でやった評価面談の研修は、少なくとも家族とのコミュニケーションには応用できない。

「じゃあ、まず彼方をサッカーから解放してやれよ」

精一杯の強がりが、ぽろりとこぼれて床に落ちる。多分、情けないほど軽い音がした。

「悪い、ちょっとコンビニに炭酸買いに行ってくるわ」

「え、ちょっと待ってよ」

一華の声を振り切って、玄関まで大股で歩き、外へと出た。

もう、この生活の出口は、定年退職にしか残されていない。ただ決められた場所に向かって、歩きつづけるしかないんだ。

スピードをつけて夜道を歩く。頭上に星々の瞬きを感じても、いつもと同じように無視を決めこむ。星など俺の世界には存在していないように振る舞う。

二人にずっと気を遣われていた。憐れまれていた。つまらないのに毎日まいにち仕事に行って、何てかわいそうなおっさんだと心配されていた。

二人のために、耐えていたのに。

こんな父親でいいのか？

地球に落ちた一粒の隕石《いんせき》みたいな孤独な問い。しかし、そんな言い方は、狡《ずる》い。本当は、こんな自分でいいのかという、より根源的な問いなのだ。その欺瞞《ぎまん》を、妻と息子の両方に、とっくに暴かれていたのだ。

自分の人生がつまんないのを、私達のせいにしないでよ。

そう、鋭くつかれたのだと思った。

こんな自分で、いいのか。これからも、こんな自分と生きていくのか。

気がつくと、ろくに運動もしていないなまった両足で駆け出していた。

すぐに息が上がる、ふくらはぎが張る、脂ぎった汗がこめかみを伝う。自分がこんなおっさんになるなんて、安い天体望遠鏡で月のクレーターに歓声を上げていた少年の頃、想像もしていなかった。俺の頭上には、満天の星が輝いていた。

いつしか、住宅街の端まで来ていた。県道を渡ってしばらく行けば、あのドームハウスへ、星の世界へと通じている坂道がある。

馬鹿な、こんな時間に何を――。

手元のスマートフォンで確認すると、夜の十時をとっくに過ぎている。しかし、星バカなら、この時間だからこそ起きているはずだ。あの不思議な老人は、ベランダに出るか、あるいはあのガラスの屋根の下でコーヒーでも飲みながら、肉眼で観る星々を楽しんでいるだろうか。

帰ろう。子供だけじゃなく親まで迷惑をかけてどうする。

自分をたしなめて、踵《きびす》を返した。少なくとも返そうとしたはずだった。

それなのに、足が県道を横切っていく。もう限界に近いふくらはぎにムチを打って、再び走りだす。

ようやく伊丹邸の門扉までやってきた時にはまともに立っていられず、両膝に手をついて上半身をかがめながら息を整えた。たっぷり一分はそうしていただろうか。呼吸が整いはじめた頃、気持ちも静まってきた。

門扉の向こうにつづいている坂道を見上げる。ここ以外には灯りも設置されていない、あるいは点灯されていないから、上に行くに従って闇が濃くなっていく。

こんな夜更けに、一度会っただけの人物の家のインターフォンを鳴らすなんて、通報されても文句は言えないくらいの愚行だ。

やはり帰るべきだ、今すぐ回れ右をするんだ。自分と葛藤していたまさにその時、カチャリという解錠音につづいて微かな金属音が響き、門扉が内側へと開いた。

はっと、頭上の防犯カメラに視線をやる。カメラレンズが、照明にきらりと反射した。カメラに軽く頭を下げたあと、ためらいながらも、あの家につづく坂を上り始める。道の左右に植栽された木々の間から、光る小石を無数にばら撒《ま》いたような空が覗き、こちらを見下ろしていた。

やがて玄関の前に着くと、「上がって来い。鍵は開いている」とベランダから声が降ってきた。

いいのか、さっきも、惨《みじ》めになっただけだったろう？

頭の中で響く警告の声にもかかわらず、玄関扉を押す手を止められない。おそらく観測のために、室内照明の消された暗い廊下を進み、蔵書のあった部屋から目をこらしつつ階段を上る。ベランダへとつづくドアは開け放たれており、伊丹さんが椅子に腰掛けて観測をつづけていた。

「UFOは、見つかりましたか？」

「なぜUFOを探していると？」

「SETIの研究者なら、UFOの存在も否定はしないでしょう？」

おもむろに望遠鏡から顔を離すと、伊丹さんが振り返った。

「だから、なぜSETIが宇宙人を探す研究だと？」

半分自棄《やけ》になって、一歩前へ出た。

「多少とも天文の研究に携わった人間なら、誰でも知っていますよ。ただ、日本で個人が、あんな巨大な電波望遠鏡を設置して観測を行っているとは思いませんでしたが」

「数は少ないが、いないことはない。といっても、本格的にやっているのは私ともう一人くらいだろうがな」

伊丹さんは、俺がさっき、天文には何の知識もないよう振る舞ったことについては深く追及してこなかった。こんな時間に突然訪ねてきたことにも。

多分、人になどさほど興味はないのだろう。星バカなんて、多分みんなそうだ。

「今は何を？」

「M51だ。覗いてみるか？」

伊丹さんが椅子を空けて俺を促す。もう十年以上覗いていないレンズを、今、覗こうとしている。

このままの自分と生きていくのか。その答えが、今、この椅子に座ることとなのか？

何を大げさな。ただ、天体望遠鏡を覗くだけだ。この後の人生が変わるとしても、たとえば週末、息子の天体観測に付き合うようになるくらい。ウィークデーは夢に破れた冴えないおっさんとして日々をやり過ごすだけ。

「どうした、覗かないのか」

「――覗きます」

膝に置いた指先が震える。少し身をかがめてレンズに右目を当てた途端、身体が、荘厳な星々の世界に放り出された。

M51、通称、親子銀河が、くっきりとした星像を結んで眼前に広がっている。北斗七星のひしゃくの柄の先端にあるアルカイド。そのほど近くに、乳白色の美しい渦を大小、親子のように並べている銀河系だ。昔、覗いた時と変わらない姿だった。それはそうだ。星の時間に比べたら、俺が宇宙から離れていた時間なんて、ゼロに等しい。

星々の無音の瞬きが、全身を包み込む。春の夜気は生ぬるかったはずなのに、心身が打ち震えている。望遠鏡にかける指先も、微かに震えたまま。宇宙はただ冷たく、そこに在るだけ。俺を含めた卑小な人類の営みなど関知せず、ただ無限の時を刻みつづけている。

レンズが覗いているのは、畏怖《いふ》すべき神々の世界だ。

「随分、久しぶりだな。今までどうしていたんだ?」

「え?」

尋ね返した俺を、伊丹さんが澄んだ眼差《まなざ》しで射貫《いぬ》く。

「こんな老いぼれにまた会いにくるとは、空ばかりみてきたせいで、まだ地上の世界に馴染《なじ》めていないんだろう。これだから抜け天は」

「抜け天?」

話の流れに戸惑い、思わずレンズから目を離す。横では伊丹さんが澄まし顔でコーヒーを飲んでいた。

「天文の世界から何らかの事情で抜けたやつだよ。金をつぎ込みすぎてご内儀に天体望遠鏡を売り飛ばされたり、あるいはアカデミズムの世界で失脚したり、職を見つけられなかったり、まあ色々だ」

そういうことなら、まさしく自分は抜け天だ。

「今は、そんな言葉があるんですか？」

「知らん。俺が勝手につくった」

人を食ったような相手だ。それなのに、家族にも話したことのない心情が口からすらすらと流れ出ていく。

「天文学者を目指して、院に通っていたんです。でも、一年目で実家が借金を抱えて倒産してしまって。教授の口利きで、全く無関係の業界に就職しました」

「そうか。お手本のような抜け天だな」

「それ以来、抜け天というか、抜け殻です。もう、研究も封印したし、星のほの字も息子には聞かせたことがない。俺が天文の世界に身を置いていたことなんて、あいつは知らない。なぜ働いているのか、このままでいいのかもわからないまま、サラリーマンなんてこんなもんだって言い聞かせて毎日を生きてる。これが、地上の世界に馴染めていない、というならそういうことなんでしょうね」

一華以外の誰かに、こんなに饒舌《じょうぜつ》になったのはいつぶりだろう。

「くだらん。抜け天は大体が抜け殻になる」

心底つまらなそうな横顔をしているのが、なぜか薄暗がりでもわかる。

「次は、新月の晩に来るんだな。この月夜でこれだけ見えたんだ。新月にはどれくらいの精度で見えるか楽しみだろう」

「は？　あなた、俺の話を聞いてなかったんですか？」

「聞くに価《あたい》する話なんてしていたか？」

さらに抗議をしようと腰を浮かしかけたが、メールの着信音に反応した伊丹さんは、俺のことなど無視して文面をチェックしはじめている。

「おい、大変だぞ」

「何がです？」

「SETIリーグのメンバーが、いや、メンバーじゃないのか？　ともかく、ジョン・スミスと名乗る人物が、ペガスス座EQ星を観測中に、人工的な強い電波を捉えたそうだ。たった今、信号検証のメーリングリストに報告が届いた。こいつ、メンバーでもないのに、どうやってこのMLに。ハッカーか？」

先ほど俺の話を天王星の大気の冷たさで聞いていたのと同じ人物とは思えないほど、

頬を紅潮させている。今度は俺が呆れる番だった。

「ジョン・スミスって、日本でいう田中太郎みたいな名前ですよね。しかも、ハッカーって。ぜったい偽情報じゃないですか」

大体、SETIリーグとは何だ？　おそらく世界中のメンバーを束ねても数百人にしかならない、アマチュアのSETI研究メンバーだ。つまり、素人にハッキングされている素人集団ということだ。それなのに、こんな真偽不詳のメールを受けて、今、その数百人が、伊丹さんと同じように胸を躍らせ、寝る間を惜しんで宇宙人からの電波信号を受信しようと、一斉にペガスス座EQ星の方向へとパラボラアンテナを向けているのだろう。

「嘘かどうかなど、検証してみなくちゃわからないだろう。それでも元天文学者か。とにかく、今晩は忙しくなった。次は新月の晩だぞ。忘れるなよ？」

「いや、だから俺は——代わりに妻が息子といっしょに来ますよ」

「息子？」

「彼方ですよ」

伊丹さんはまじまじと俺を見たあと、微かに頭を振った。

「そうか、あんたは彼方の父親か」

一体、今まで俺を誰だと思って相手にしていたのだろう。

ポケットからメモのぎっしり書き込んであるノートを取り出してぱらぱらとめくり、伊丹さんが丁寧に何かを書き足している。

「母親という存在は苦手だが、俺にさらに迷惑をかけたいのなら勝手にしろ」

それからの伊丹さんは、俺の話などもう耳に入らないかのように、テーブルにセットしてあるPCをいじって、おそらく電波望遠鏡の角度を調整している。その背中は、先ほど望遠鏡を覗いていた彼方と同じ、少年の純粋さを漂わせていた。

少し邪魔してやりたいという愚かな動機から、俺は伊丹さんの背に声を掛けた。

「ちなみに妻は、宇宙人と交信してUFOを見たことがあります」

きっと驚いて振り返るだろうと思ったのに、伊丹さんは顔を向けもしない。この手の話は一切興味のないタイプだったらしい。

しかし、返ってきた答えは意外なものだった。

「知っている。彼方から聞いた。それに、あの子は父親が昔、天文の世界にどっぷり浸かっていたことも知っていたぞ」

「――嘘ですよね？」

「嘘じゃない。あぁ、これは言わないとあの子に約束したんだったか。まあ、とにかくそういうことだ。邪魔だから、もう帰れ」

尋ねたいことは山ほどあった。それじゃ、この人は俺が抜け天だと始めから知っていたのか、とか、彼方はなぜ俺の過去を知っていたのか、とか。

しかし、今や伊丹さんの背中は、宇宙人からの語りかけ以外の全てを拒んでいる。

無言で伊丹さんの背中に別れを告げ、煌々と輝く月明かりに助けられながら、ベランダを出て階段をゆっくりと下りた。そのまま、ドームハウスを辞して、再び家へと向かう。

冷たい宇宙に心身を放り出したあとだからか、重力に囚われている自分への違和感が久しぶりに身を包んでいる。

少し身軽になった帰り道、ぽんと浮かんできたのは、彼方や一華の顔ではなく、無断欠勤をした佐原の顔だった。

ちょうど夜の十一時。電話をかけるべき時間ではない。パワハラだと訴えられるかもしれない。それなのに、伊丹邸《いぶか》へと向かった時と同じく、ボタンを押す指は止まらない。

三度のコール音のあと、訝しげな声で佐原が応答した。

「佐原君か？　悪い、もう寝ていたよな？」

『いえ、大丈夫です。あの、明日はきちんと行きますから。申し訳ありません』

「いや、別に無断欠勤のことじゃないんだ」

『え？』

戸惑ったような声。それはそうだろう。俺だって、自分に戸惑っている。一体、何を伝えたいのかもわからない。

『それじゃ、クビってことですか？』

スマートフォンを耳に当てたまま、空を見上げる。

「違うよ。今日は、その、満月なんだ。あ、ジャストな満月は明け方だったんだけどさ。今でも十分丸い。望遠鏡を覗けば、クレーターもよく見えるくらいのいい天気だ」

『はあ、そうですか。あの、僕、ちゃんと働けます。明日からは本当に』

絞り出すような声は、俺のものでもある。そしておそらく、無数のサラリーマン達の叫びでもある。

物理の世界では、現在は、過去でもあり、未来でもある。だから、無理するな。現在で無理することは、過去や未来でも無理することだ。今は休んで、ほんの少し、時間から自由になってみるんだ。評価面談の研修なんて、クソくらえだ。時間制限なんて、脳の幻想だ。

だけど、そう言ってやれないのが、サラリーマンだ。

『井上さん？』

「ああ、いや、悪い。とにかく、それだけだ。それじゃ、まあ、無理しなくていいから」

『はい。あの、おやすみなさい』

「おやすみ」

俺と佐原の間に漂っていたぎこちなさが、夜空へとじんわり溶け出していく。

——次は、新月の晩だ。

伊丹さんの声が、家路を辿る間ずっと、月明かりといっしょに道を照らしていた。

第二話　スター・チャイルド

雨模様というのは、一体、どういう模様なのだろう。

鈍色《にびいろ》の雲の輪郭をつないでできる、小さなくねくねの集まりのこと？　それとも雨の滴《しずく》が水たまりにぶつかって描く輪っかのこと？

「それでは、これから儀式を行います」

宣言した栞《しおり》ちゃんの声は厳粛で、私は視線を曇り空から地上へと戻し、ごくりと唾を飲み込んだ。

家の近所の裏山にある天然の空き地。なぜか木々が育たず、下草もまばらな地面には複雑な円模様が描かれている。栞ちゃんは魔法陣と呼んでいて、幼心にも、人智を超えた妖しい力が宿っていそうに見えた。

「一華ちゃん、いい？　唱えるからね、せえの」

ベントラ、ベントラ、スペースピープル！

UFO召喚者、つまりコンタクティーであるジョージ・ヴァン・タッセルが、宇宙人から直接テレパシーで教えてもらった呪文だ。そんな眉唾ものの呪文を、当時、小学三年生だった隣の家の少女がどうして知っていたのか。なぜ彼女はあんなにも異星人とのコンタクトを渇望していたのか。今となっては想像するしかない。

彼女はたった二歳しか違わないとは思えないほど大人びた少女で、その横顔は気高く、ときどき腕や頬にできる紫色の痣《あざ》は、いささかも彼女の威厳を損なうことはなかった。

「ベントラ、ベントラ、スペースピープル！」

私達は、声の限り唱えつづけたけれど、その夕方もＵＦＯが現れることはなかった。ＵＦＯとのコンタクトを試みたのはこれが初めてではなく、私達は暇さえあれば時間を合わせて裏山に集い、こうして呼びかけをつづけていたのだ。

「ただちょっと遅刻してるだけだよ。うとうとしている時が、いちばんテレパシー能力が強くなるの。だからお互い、ベッドに入ったらもう一度唱えてみよう」

そう告げる声はあくまで冷静を装っていたけれど、琹ちゃんの全身には、ＵＦＯが姿を現さなかったことへの怒りがいつもより強く漲《みなぎ》っていた。風のうなり声はそのまま、琹ちゃんの心の咆吼《ほうこう》だった。

今思い出しても、バラ色の頬に長い睫毛《まつげ》の美少女は神秘のオーラを纏《まと》っており、「私は地球に不時着した宇宙人の生き残りなの。だからこうやって呼びかけていれば、いつかは母星から迎えがきてくれるはず」という彼女の言葉を私は心から信じていた。

しかし少女が一心に願ってもUFOは姿を現さず、帰り際、悲しげに睫毛を伏せた栞ちゃんのために私もまた腹を立てた。

こんなに栞ちゃんが呼びかけているのに。どうして早く迎えに来てくれないの⁉

あの夜は、家に帰って家族と夕食のテーブルを囲み、ぬくぬくとお湯に浸かったあと、どうにかうつらうつらと宿題を済ませ、ベッドに入ってからも必死に眠気と戦った。ベッドの上で、繭《まゆ》のように私を包み込もうとする布団をがばりと退《の》け、健気《けなげ》に目をこじ開けて呪文を唱えはじめる。

「ベントラ、ベントラ、スペースピープル。ベントラ、ベントラ、スペースピープル」

小声で囁きながら、いつしか夢と現《うつつ》の間をたゆたいはじめた頃だった。

唐突に、他者の意思が思考の中へと入り込んできた。

頭頂部にぽっかりと穴が開き、そこから光の帯がすうっと注入されるような感覚。ただし、太陽光のようにぎらついた強い光ではない。私がその刺激を不快に感じないよう、何者かによって意図的に操作された光だとわかる。そして光は、告げた。

〈明日の夕方五時、今日と同じ場所〉

誰かに話す時には便宜的に光という言葉を使ってきたけれど、もちろん、脳内に光を感じていたわけではない。それはあくまで他者の意思であり、明らかな異物だった。音もないのに、確かに言葉として伝わってきたメッセージは恐ろしかった。

それでも、翌日、栞ちゃんとともに再び裏山の同じ場所に立った。行くのをためらっていたところを、栞ちゃんに強い口調で誘われたのだ。

前日と違いあの日は快晴で、夕刻を待たずに暮れた空は澄んでいた。成層圏のはるかかなたで星々の放っていた輝きが、おそらく実際よりもずっと強い光として瞼の裏に甦るのは、ノスタルジーのせいだろうか。

「ぜったいに聞こえたよね」

中に何が入っていたのか、スーツケースを脇に従えた栞ちゃんも、あのメッセージを受け取っていた。私より先だったのか、それとも後か。まもなく五時を迎えようとする緊張から、私の思考はそんな些末《さまつ》な事柄に集中していた。

来て欲しいのと同じくらい、来て欲しくなかった。ほとんど呼吸さえも忘れて空を見上げていたその時、栞ちゃんの厳かな声が響いた。

「ベントラ、ベントラ、スペースピープル」

もうこの呪文など必要ないことを、栞ちゃんも知っていたと思う。ただ、私と同じように、何かにしがみついていたかったのだ。

栞ちゃんの手を強く握ったその時、それは忽然《こつぜん》と姿を現した。まるで巨大な照明に、誰かがスイッチを入れたかのように、ぱっと光が灯る。

山の木々の先端に触れそうなごく近い空中に浮いている発光体。ひとクラス分の子供が両手を広げたよりも大きな楕円形で、強い光を放っているのに不思議と眩《まぶ》しくはない。脳に差してきたのと同じ、何者かの制御を感じる優しい光だった。

「ほんとに来た。UFOだ、UFOだよ！」

おそろしさよりも興奮が勝ったのは、私がそれだけ幼かったのだろう。あれほどUFOを渇望していたはずの栞ちゃんは、身を強《こわ》ばらせ、ただ上空に顔を向けて突っ立っていた。

栞ちゃんの睨《にら》み付けるような視線に戸惑いながらも、私は無邪気にUFOに手を振った。UFOが左右に素早く揺らぎ、栞ちゃんを置き去りにしたまま一瞬で姿を消すまで「おおい」と呼びかけつづけた。

あの時、栞ちゃんが微かに唇を動かして囁いた言葉の意味に、愚かな私はずっとあとになって思い至った。

ファースト・コンタクト以来、UFOは年に数度、まるでお中元やお歳暮のように、盆暮れなどの決まった時期になるとメッセージをよこし、私達の前に姿を現した。私達は最初の時と変わらず、手をぎゅっとつなぎ合ってUFOを迎えた。

ただし、UFOはといえば、いつも律儀に姿を現すだけで、ものすごいテクノロジーを見せつけることも、羊や牛を格納してみせることもなく、ただ優しい光を放っては去って行くだけ。

「母星から来たのとは違う宇宙人みたい。だから私を連れていかないのね」

　栞ちゃんは、いつもそう言ってUFOを見送ったけれど、毎回、必ずスーツケースは持参していた。

　なぜUFOが私達を選んで姿を見せつづけたのか、彼らに目的はあったのか、何もかも謎のまま今に至っている。

　ここまでが、私が夫に打ち明けたUFOの話、いわば罪のない前半部分だ。

＊

　仕事帰り、時短勤務を終えて地元の駅に降り、住宅街の中にある喫茶店に慌ただしく飛び込んだ。扉を開けると、初夏の風が自分を追い越して店内へと吹き込んでいく。

「頼まれたロールケーキセット、注文しておいたよ」

　類人君のママ——千春《ちはる》さんが軽く手を振っている。

「ありがと。ごめんね、ちょっと会社を出るのに手間取っちゃって」

「全然。それよりごめんね、お迎えをいつもお任せしちゃって」

「いいのいいの。千春さん、星とかそんなに好きじゃないでしょう？　私はほら、天文サークルに入ってたくらいだし」

　基本的に、伊丹さんの家に彼方と類人君を引率するのは私達夫婦の役目になっている。

大体月に二度か三度。普段は私、夜遅い時間の天体イベントを観測する時は、父親である亘が引率することが多い。

亘は多分、私が喜んで天文観測に赴いていると思い込んでいるだろう。当然だ。彼がそう誤解するように振る舞ってきた。ずっと。

けれど実際は、私も亘への遠慮とは別の理由から、意図的に星から遠ざかってきたのだ。

千春さんがふうっと大きく息を吐き出す。

「星に興味がないのもそうなんだけど、伊丹さんがちょっと怖くって。無口な人だし、何を話していいかわからないし、そもそも話がしょっちゅう食い違うし」

「うんうん、あの人、仙人みたいなところあるよね」

「わかる！　私なんて、多分、顔も覚えられてない気がする。星のこと以外、興味ありませんって感じ」

千春さんは苦笑したあと、私のほうに少し身を乗り出して小声で尋ねてきた。

「ねえ、類人から聞いたんだけど、伊丹さんって本気で宇宙人を探してるんでしょう？」

「うん。ＳＥＴＩ《セティ》って言って、一応、ちゃんと名称のある研究なんだけどね」

地球外知的生命体は、電波信号あるいはレーザー光線でコミュニケーションを取るはずだ。そんな認識のもと、広漠たる宇宙を相手にして、自然界には存在しない無線信号の観測をつづける気の長い研究、それがSETIだ。ロマンはたっぷりだけれど、正直、宝くじに当たるほうがよほど確率が高い。まあ、無謀なチャレンジと言って差し支えないと思う。だから、千春さんが伊丹さんを語る時に、いつも胡乱《うろん》なまなざしになってしまう気持ちはよくわかった。

「それにしても、まさか家を抜け出していたとはねえ。しかも、まったく気がつかなかったなんて」

「ほんとだよ。よくもまあ親の目をすり抜けてねえ」

互いの息子達の冒険を発見してから二ヶ月経《た》った今でも、思い出すたびにお互いにこうして嘆息しあっている。男の子の母として、小さくまとまるよりも頼もしいと思う一方で、万が一のことが起きていたらと肝を冷やしてしまうのも確かだ。

ロールケーキとともに供された紅茶を口に含んだ時、千春さんがこちらをのぞき込むようにした。

「ところで、さ。一華さん、類人か彼方君から、彼方君の学校のことで何か聞いてない？」

「え、特に何も。あの子、全然学校のこと話してくれないし。何か聞いたの？」

千春さんはほんの少し逡巡《しゅんじゅん》したあと、あくまで類人の話なんだけど、と前置きをした上で語ってくれた。

「どうやら、あんまり新しいクラスに馴染めないみたいで。ちょっと性質《たち》の悪いグループがいるみたいなんだよね。その子たち、最近、彼方君に絡んでるみたい」

「それってもしかして、いじめってこと⁉」

「ううん、いじめってほど強く絡んでくるわけじゃないみたいなんだけどね。一度、ターゲットにされた子を庇《かば》ってから、少し当たりがきついみたいだとは言ってたかな」

寝耳に水だった。小学校も年次が上がっていけば、そういう問題が出てくるものなのだろうと覚悟はしていたつもりなのに、いざ直面すると、にわかには声が出てこない。

「ごめんね、驚かせちゃって。でも知っておいたほうがいいと思って」

拝む仕草をした千春さんの頭頂部を見て、ようやく我に返った。

「そんな、顔を上げて。教えてくれてありがとう。様子を見ながら彼方とも話してみる」

「うん、そうしてみて。まあ、話してくれないかもしれないけどね。うちも、自分が話したいことしか話さなくなっちゃったよ。思春期、めんどくさあって感じ」

千春さんの口調には苦みが滲むけれど、瞳からは愛情があふれ出ている。

「ほんとに色々と心配させてくれるよね」

一つ問題が解決したと思ったら、また次が現れる。子育ては、終わりのないハードル走みたいだ。

「ほんと、ほんと。世話ばっかり焼かせるくせに、一丁前の口きくしね」

「くう、わかるわかる」

心配するのが母親の仕事というけれど、いつまでも心配が終わらないのはさすがにしんどい。中学生になれば、高校生になれば、大人になれば、この心配から解放されるのだろうかと思いながら、死ぬ間際まで心配している気もする。

千春さんの話に相づちを打ちながら残りのロールケーキを食べたけれど、もう、味はよくわからなくなっていた。


その夜、サッカークラブ帰りの彼方に山盛りの牛丼を食べさせたあと、類人君をピックアップして伊丹さんの家へと向かった。

「ついにＩＳＳ観測だよ。すげえ緊張する」

「うん。どのくらいはっきり見えるんだろ？」

少年達は、現地へと向かう車の中で、くったくのない会話を交わしている。

ＩＳＳとは国際宇宙ステーションの略で、約四〇〇㎞の上空に建設された有人実験施設だ。一周約九〇分というスピードで地球を回っているから、条件さえ整えば、木星くらいの明るい光が夜空を滑らかに通過する姿を肉眼でも観測できる。どうせならという伊丹さんの提案で、大人対子供でＩＳＳを撮影し、写真の出来を競うことになった。

「まあ、今日は私の写真が一番いいだろうけどね」

「ええ⁉　お母さんはかなり年上なんだからさ、ハンデがないとずるいよ」

聞き捨てならない台詞《せりふ》だ。

「ハンデならもうあるでしょう。あなた達はカメラをセットするだけの撮影で、私は直焦点撮影なんだから」

言いながら、少し気が重くなった。

直焦点撮影は、学生時代に夢中になった、カメラではなく望遠鏡のレンズを使った撮影のことだ。望遠鏡のレンズを使えば、翼を広げた鳥のようなＩＳＳの姿をしっかりと捉えて撮影することも可能になる。

天体写真を撮るのは随分と久しぶりのことだけれど、私の指先はまだ、セッティングの手順を覚えているだろうか。いや、覚えているだろう。そのことにちくりとした罪悪感を覚えてしまう。

一方、彼方達は一般的なカメラを使った撮影だから、成功すれば、彗星《すいせい》のように尾をひく光の筋を写すことになる。夜空を相手にした事前のピント合わせが少々面倒だけれど、二人なら上手くやるだろうという気がした。

子供達の脳はスポンジで、私が同行するようになったここ一ヶ月ほどでも、驚くほど天文の知識を貪欲に吸収しつづけているのだ。

「お父さんも来られたらよかったのにね。天体写真、興味ありそうだったけど」

彼方の声はぴんと糸が張ったようで、タイミングをうかがって発せられた質問だったことが知れる。

今のところ、亘が天文関係の研究者を目指していたことも、私と同じ天文サークルに所属していたことも、彼方は知らない素振りで通している。けれど、どうやってか彼方が星と関わりの深かった両親の過去について知っていたことを、こちらは伊丹さんから聞き及んでいる。そんなわけで、お互いが、知っていることを知らない振りで通しているのだった。

そういえば、家族そろって、伊丹さんのところに行ったことはなかったな。

亘は、どんな顔で空を見上げているのだろう。天体望遠鏡を目の当たりにしても、もう平気なのだろうか。

気軽さを装って尋ねようとするたびに、舌がひりついて、うまく喋れなくなる。

星バカから星を取ったら、ただのバカが残るよな。

そう言って笑っていた夫は、ただのバカではなく、真面目な会社員になったけれど、瞳の奥に宿っていた輝きは失われてしまっている。それでも最近、どんよりとした愚痴の中にも、星バカの片鱗《へんりん》が再び垣間見られるようになってきたようだけれども。

伊丹邸へとつづく坂道を、ややアクセルを強く踏み込みながら慎重に上っていく。

門の前に到着し、いつものように、停車したまま開門を待った。

バックミラーを確認すると、子供達の瞳は一等星よりもまばゆい光を放ち、柔らかな心はすでに宇宙へと飛んでいるようだった。

伊丹邸の扉をくぐると、すでに主の伊丹さんは私にコーヒーを、子供達には温かな紅茶を用意してくれていた。

「さあ、今日は自分達でISSの撮影を頑張ってもらうぞ。ちゃんと宇宙放送局のホームページはチェックしてきたんだろうな」

「任せてよ」

にっと歯を見せて笑う彼方の顔は溌剌《はつらつ》として、とても学校でトラブルを抱えているようには見えない。伊丹さんから高価そうなカメラを借り受け、ベランダへと階段を駆け上がっていく姿を見て、落とさないかとハラハラした。

「あんたは行かないのか」

「私はすごく年上だから、ハンデが必要なんだそうです」

伊丹さんが、珍しく声を上げて笑った。

「さあ、どうかな。子供の吸収力ときたら。もう立派に自分達で撮影できると思うがね。あんたにも、いいモデルを用意しておいたよ」

「伊丹さんが言うなら間違いないですね」

ＩＳＳを肉眼でも確認可能な時間は、二十時五分から五分ほど。宇宙航空研究開発機構、通称ＪＡＸＡが支援する情報サービスサイトで、観測情報を公開している。サイトによると、今日はあと四十分後の二十時頃、東の空を通過予定だ。めでたく撮影に成功したら、彼方がいつの間にか開設していたＳＮＳのアカウントに投稿することになっている。

星空に倦む気持ちとは裏腹に、手先がむずむずとし、一刻も早く天体望遠鏡に触れたがっているのがわかる。

「さあ、早く行ってみろ」

伊丹さんに促され、この期に及んでまだ躊躇しながらも、誘惑に抗えるはずもなく腰を上げる。階段を上ってベランダに出てみると、そこには確かに素晴らしいモデルが用意されていた。天体写真の愛好家なら誰もがほしがる望遠鏡で、約五十万円。庶民にとってはかなり高価な代物だ。

頭で考えるよりも先に、手先が忙しく働きはじめた。まず三脚にハーフピラーと呼ばれる台座を取り付け、赤道儀をセットする。これは数値を打ちこんで対象物を追尾するための装置で、今回の場合、夜空を移動するＩＳＳを追いかけて勝手にカメラを向けてくれる優れものだ。三脚の上に直接取り付けることもできるけれど、それだと三脚につかえて可動域が狭まるため、ピラーと呼ばれる伸張パーツを使ってより高い位置にセットし、上下左右に首を振れるようにする。

次にカメラのボディにアダプターを装着して天体望遠鏡と合体させ、先ほど赤道儀を取り付けた三脚にセットして完成だ。久しぶりだったこともあり、ここまで来るのに約二十分も時間を取られてしまった。

一方、彼方達はすでに三脚にカメラをセットし終え、ピントをテストする段階に入っているらしい。子供相手なのに、いざ作業を始めてしまうと手加減できない。ＩＳＳをレンズ内に捉えた時にピンボケ写真にならないよう、慎重にフォーカスノブを回して焦点を合わせていった。ブランクを感じないほど指先が脳と緊密に連絡を取り合い、着々と準備を終えられることに、諦めと満足の入り交じった複雑な感情がこみ上げる。

「――格的に活動してたんだね。お母さん、お母さん⁉」

突然、彼方の声が耳に飛び込んできて、びくりと肩が震えた。

「ごめん、集中してた」

振り向いて笑うと、夫によく似た息子の呆れ顔が視界に飛び込んでくる。

「今何て言ったの？」

「ううん、別に。天文サークルでちゃんとやってたんだと思ってさ」

「まあでも、かなりブランクがあるんだけどね。さ、話しかけている暇があったら空を見ていたほうがいいんじゃないの？」

　横目で促した先では、類人君が真剣な横顔で、ＩＳＳの通過を今か今かと待ち構えている。

　時計で確認すると、出現まであと一分。私も息を詰めて顔を上げた。伊丹さんもいつの間にかベランダに出て、私の横に並ぶ。

「勘は鈍っていなかったみたいだな。まあ、あんたのご主人はさらに早く組み立てたが」

「え、あの人も観測をはじめたんですか⁉」

　驚いたのと、子供達が歓声を上げたのは同時だった。

　夜空に、迷いなく軌跡を描きながら進む光点。すでに数値を入力された赤道儀が、出現した対象を追尾して望遠鏡をゆっくりと上から下へと動かしていく。焦がれるような気持ちになって、リモコンのシャッターボタンを押した。

　カ――――――シャ！

　レンズが夜空を貪欲に取り込む音を聞いて、肌が粟立《あわだ》つ。

　ああ、久しぶりにやってきてしまった。宇宙に。この広漠たる、人智を超えた世界に。

「よっしゃあ、すげえよく撮れた！」

ガッツポーズを取る彼方達の写真を、伊丹さんも確認し、「ほお」と面白がるような声を上げる。

「お母さん、どうだった？」

勝利を確信して駆け寄ってくる息子に、無言で撮影画像を示した。

「うっわ、すげえクリアじゃん！　パネルまでくっきり写ってるし！」

「今日はいい角度だったからね」

胸の奥がひりつく。

あんなことになっても、まだ、星の世界から離れきれないでいる私を許して。

誰にも聞こえない声で、空に向かってそっと詫びた。

サイトの予報通り、約五分のお披露目ののち、ＩＳＳがふっと姿を消した。

その後も夜空は、目には見えない無数の天体イベントを巻き起こしながら、頭上に抜け広がっていた。


こめかみから汗が垂れ落ちるのも気づかぬ様子で、まだ天体観測をつづける二人をベランダに残し、私と伊丹さんは階下へと下りた。

コーヒーを受け取ったあと、おそらく渋々添えてくれたミルクをすべて注ぐと、少し傷ついた顔をされてしまった。ブラック派の伊丹さんの主義を曲げてまでミルクを用意してくれるようになったのは、おそらくＵＦＯの話を聞きたいがためだ。

　ここへ来る度、私は伊丹さんに、まだＵＦＯとつながっていた頃の話を少しずつ語っている。まるで千夜一夜物語の中で、スルタンに物語を聞かせる妻のように。

「それで、今日もつづきを話してくれるんだろうな」

　いつも取り出すメモ帳をスタンバイし、伊丹さんは、先ほどの彼方達と変わらないくらい瞳をキラキラと輝かせている。

「メモによると、この間は、一旦家に戻ったところまでだったぞ。一体、いつＵＦＯが出てくるんだ」

　老人の皺だらけの皮膚に埋まった瞳が輝いているというのは、ある種異様なのだけれど、元来の育ちの良さなのか、伊丹さんの場合はその異様さをふわりとした上品さでうまく覆い隠していた。

「もうすぐですよ。慌てないでください」

　いさめると、伊丹さんは不満気に鼻を鳴らしながらも、いったん黙った。

「ええと、そうそう。結局、栞ちゃんと二人、それぞれの家に戻ったところまでお話ししたんですよね。そのあと、私は普通に宿題をやってごはんを食べて、楽しみにしていたテレビ番組を観て、布団に入りました。でも、子供ですからね。律儀に栞ちゃんとの約束を守って、例の呪文を唱えたんですよ」

「ベントラ、ベントラ、スペースピープル！　だな。子供騙《だま》しだ。なぜ前半は宇宙語で、後半は英語なんだか」

「え、ベントラって、ラテン語か何かじゃないんですか？」

「ラテン語にも似たような単語はあるが、風という意味だ。宇宙語のベントラは宇宙船という意味だから全く関連性はない。なんだ、そんなことも知らずに唱えていたのか」

伊丹さんの不満顔を無視して続きを話そうとすると、後方からカタリという小さな音がした。驚いて振り向くと、いつの間に下りてきたのか、彼方達も階段の途中に腰掛けてこちらを見下ろしていた。

「バカ、動くなって言ったのに」

彼方を軽くつついたのは類人君だ。

「ええ、と、二人も聞く？」

「うん、もっちろん！」

まだ変声のはじまっていない高い声が揃《そろ》う。

「でも、さ。話の途中からになっちゃうから、意味がわからないと思うんだけど。観測でもしてきたら？」

「だって、おばさんの話のほうが面白そうだし」

「ほんとほんと。家ではそんな話、してくれたことないじゃん。まあ、ばあばからはちらっと聞いたことあったけどさ」

「え、そうだったの⁉　まったく、内緒にしてくれってお願いしてたのに」

おそらく、私達夫婦が天文サークルを通して出会ったことなども、彼方はうちの母から情報を仕入れていたのだろう。思わぬタイミングで、謎がひとつ解けた。

それにしても少年達は、もはや梃子《てこ》でも動く気はないらしい。

これまでだったら、どんなに文句を言われてもきっと口を閉ざしただろう。けれど、どうやらＩＳＳの描いてみせた軌跡が、閉じていた私の世界にほんの少し裂け目を入れたらしかった。気がつけば、話して聞かせようかという気持ちになっている。

「じゃあ、他の子達には話さないって誓える？」

尋ねると、彼方は「どうして？」と素朴に首を傾《かし》げてみせた。一方の類人君は、思慮深げな顔でこくりと首を縦に振る。

「自分の想像の範囲外にあることを攻撃したがる人って多いもんね。大人の世界でも子供の世界でも」

「おいおい、いいから、その先の話に進んでくれないか。また時間が来てしまうだろう」

特別な天体イベントがない限り、八時には帰宅することになっている。今はちょうど七時半で、伊丹さんが貧乏揺すりを始めた。

どうやら、ここには子供が三人いるらしい。

「それじゃ、今のことはあとで話すとして、UFOの話に戻ります。私と栞ちゃんという隣に住んでいた女の子が呼びかけてもUFOが来なかったものだから、私達は二人とも家に戻ったの。その後、寝る間際、布団に潜って呪文を唱えているうちに私はうとうとしてしまって、半分眠って、半分起きている状態になったんだと思う。突然、何者かが、脳に直接メッセージを送ってきたことがわかったの」

三人の顔がわかりやすく輝き始める。

私は、亘に話したところまでを、やはり伊丹さんや彼方達にも話して聞かせた。三人の興奮は、UFO登場のシーンで最高潮に達したけれど、私の口調は逆にしんみりとしてしまったかもしれない。

話を聞き終えた子供達は再びベランダへと駆け上がり、元気な声で呪文を唱え始めた。

「それで、その続きは次回までお預けか？」

ベントラ、ベントラと頭上で響く少年達の声を聞き流しながら、思わず伊丹さんをじっと見返す。

「話は、これでお終《しま》いですけど？」

「いや、まだだろう。なぜUFOはもう現れない？　あんたや、その栞ちゃんとやらは今でもコンタクティーなのか？」

「まさか！　私は違います。栞ちゃんは、ええと――」

亘からも、なぜもうUFOが現れないのかという質問を受け、適当な理由をでっち上げたから、今でも同じ嘘をすらすらと話すことができる。けれど、栞ちゃんのその後については、あまりきちんと考えていなかった。

「まあ、それは次回でいい」

伊丹さんは引き際をわきまえた歴戦の老将のように頷くと、その後は自身のSETIについて語り、二度と話のつづきを蒸し返そうとはしなかった。

類人君を家へと車で送り届けがてら、私はくどいほどこの話を他所《よそ》ではしないよう、子供達に言い含めた。私と同じ目に遭ってほしくないからだ。からかいで済むならまだいいけれど、いじめなどのきっかけになったら洒落《しゃれ》にならない。ましてや、すでに彼方は対人関係で問題を抱えているのだ。

「でも、お母さんは本当に見たんでしょ？」

「そうだよ。あれは絶対に本当の出来事だった」

「だったら何も秘密にすることないじゃん」

まだ不服そうな彼方を類人が諭す。

「でも、クラスの中には、けっこうなガキだっているだろう？　いちいちそいつらの相手をするのって面倒くさいしさ、変に絡まれたらかったるいし。そいつらの相手をするより、星とかＵＦＯのこと、静かに調べたくねえ？」

同じ年なのに、この精神年齢の差は何なのだろう。

自分の育児がまずかったのかと若干不安になりつつ、バックミラー越しに、類人君に感謝のまなざしを捧《ささ》げた。軽く頷いた類人君は、自宅前で停車した車から、「おばさん、ありがと！」と爽やかな笑みを残して降りていく。玄関から千春さんも出てきて、「ありがとう」と拝む仕草をした。

バックライトを何度か点滅させ、そのまま我が家へと走り出す。

「まあ、確かにガキの相手って、面倒だしな」

バックシートでしたり顔をする彼方の声に、ほんとにね、と心の中で皮肉な返事をした。

次回、伊丹さんにつづきを話すべきかどうか、まだ決めかねている。そもそも迷っている自分に、少し驚いてしまうけれど。

子供達に、話してしまった。いやその前に、星空を見て心が浮き立ってしまった――。

ほうっと小さくため息をつきながら、宇宙から離れて日常へと帰っていく。

街灯の無機質な明かりの先で、道はふつりと途切れて見えた。

その夜、亘に千春さんから聞いた彼方のトラブルの話を伝えると、随分とあっさりした反応だった。

「まあ、男の子だし、小学生なんてまだまだ半分動物みたいなところがあるからな。少し揉《も》まれる中で育っていくこともあるんじゃないのか？」

「それじゃ、このまま見守ったほうがいいってこと？　もし取り返しのつかないいじめに発展したら？」

「心配はわかるけど、男の子同士のトラブルに親がしゃしゃり出ていって、あの子のプラスになると思うか？」

「それはそうだけど――」

いじめを苦に自殺した子供達の両親は、得てして子供が元気に登校しているものだと信じていることも多いという。親に心配をかけたくなくて、いじめられている事実を子供が必死に隠し通すからだ。もっとも、担任や学校に相談しても、事なかれ主義で、いじめそのものがないかのように振る舞われることも少なくないとも聞く。

ネット上のニュースで読んだあらゆる不吉な記事の内容が頭を駆け巡って、不安を際限なく培養していく。

「まあ今のあいつは星バカへの道をひた走ってるだろう？　何かに夢中になってる人間って、よけいなちょっかい出してくる人間のことなんて気にならないんじゃないの？」

「それでも、放っておくなんて」

「しばらくは大丈夫かなって思うよ。少なくとも空を見上げてる時のあいつの顔は、十分、強いと思うんだけど。羨ましくなるくらいにさ」

亘の声に、自嘲が混じる。この響きが、正直に言って苦手だ。

「あいつには、サラリーマンになってほしくないなあ。もうすぐ査定の面談がはじまるんだけどさ――」

共働きとはいえ、時短勤務の上に役職もついていない私は、当然、亘よりも稼ぎが少ない。だから、家計の一助とは言えても、ともに支えているとは言えず、亘の苦労が私の抱えるそれよりもずっと多いことはわかっているつもりだ。それでも、そんなにいじけた言い方ばかりしなくてもいいのに、と心が膿《う》む。私の仕事が立て込んでいたり、彼方のことで悩んでいたりする時は、突き放したくなることもざらにある。

どうにか受け止めようとするのは罪悪感からだ。

亘は、私とあの子のために、今の仕事に甘んじてくれているのだ。独り身なら、どんなに不安定でも、薄給でも、星の世界に戻りたいだろうに、家族のために安定した職にしがみついてくれている。

だから、愚痴を受け止めるのは私の大切な仕事のうちのひとつ。

「ほんと、俺、なんのためにこんなにすり減ってるんだろうな。しばらく、残業がつづきそうだしさ」

「――そうなんだ。それじゃ、次回も伊丹さんのところはお願いできなそう？」

「う～ん、ここ二週間くらいは厳しいかも」

「そっか。伊丹さんから、亘も最近は天体望遠鏡を覗いてるって聞いたから、いい気分転換になると思っていたんだけど」

夫は、少し虚を衝《つ》かれたように黙ったあと、「まあ、行きたくないわけじゃないんだけど、難しいかな」と呟いた。

再び星を覗きはじめたら、一気に気持ちがほぐれるかと思っていた私は甘かったらしい。亘の世を儚《はかな》む態度は、そう容易には変わらないようだ。

彼方は彼方で、問題ばかり。しかも千春さんもいう通り、何かあれば「ママ！」と駆け寄って泣きじゃくっていた幼い頃とは違い、思春期に差し掛かった心は日に日に見通しが悪くなっている。

「ちょっとお風呂入ってくるね」

「ああ、ゆっくり入ってきて。俺も、少しニュースでも見たら寝ることにする。今日も疲れたよ」

「――うん」

脱衣所には、今朝、空にしたはずの洗濯かごいっぱいに衣類やタオルがたまり、夕食の後片付けもまだ終わっていない。

「ベントラ、ベントラ、スペースピープル！」

湯船に全身浸かりながら、久しぶりに呟いてみたけれど、頭の中ではただ自分の声が、疲れたあと答えるばかりだった。

＊

伊丹邸を再び訪れたのは、それから一週間後のことだった。特に天体イベントがあったわけではないけれど、少し相談があると呼び出されたのだ。

翌日に臨時テストを控えた類人君は家に残り、彼方と私だけが伊丹邸の門をくぐった。

「今日は暇人二人か」

「じいさんほどじゃないって」

口を尖らせる彼方を慌ててたしなめる。

居間へと通され、促されるままソファに腰掛けると、テーブルにとあるパンフレットが広げられた。一面の星空を背景に白い文字で『国立天文台』と印字された表紙を見て、どくん、と心臓が強く打つ。動悸《どうき》が早まる気配がし、急速に口の中が乾いていった。

「ハワイ観測所、ですか」

「すげえ！　すばる望遠鏡があるとこでしょ？」

「そうだ。よかったら、夏休みに行ってみないか。もっと宇宙を身近に感じられるし、あの辺りは世界でも有数の天体観測に向いた場所だ——どうした、大丈夫か？」

私の様子がおかしいことに気がついたのか、伊丹さんがのぞき込むような仕草をする。

こちらの事情をすべて知っているのだろうか？　あり得ないとは思いながらも、疑わずにいられない提案だった。

「ちょっと、喉が渇いて」

「コーヒーよりも水のほうが良さそうだな。ちょっと待っていろ」

さっと立ち上がった伊丹さんが戻ってくるまで、はしゃぎながらパンフレットをめくる彼方をぼんやりと眺めていた。

まだ心臓は不規則に打ち、手の平にじわりと嫌な汗が滲んでくる。

北半球の星すべて、南半球でも約九十パーセントもの星が観測できる国立天文台ハワイ観測所は、ほとんど雨が降らず人工の光が少ないという条件も相まって、世界で最も天体観測に適した場所の一つ、マウナケア山の山頂にある。天文サークルの仲間と卒業旅行で訪れた時から、すでに十五年以上経ってしまった。

そして、あの出来事からは十年ほども。まだ彼方が生まれる前。私のお腹《なか》に、星の子が宿っていた頃の話だ。

「でも、ハワイに行くのってすっごくお金かかるよね？」

彼方が、上目遣いでこちらを見た。

「う～ん、そんなことは気にしなくていいよ、とは残念ながら言ってあげられないから、お父さんと相談だね」

彼方を相手に、冷静に告げている自分に感心した。よくも悪くも、十数年とはそうした時間なのかもしれない。

「予算が足りないなら、私が出す。あんたも是非来るといい」

ちょうどお水を運んできてくれた伊丹さんが、いかにもお金持ちらしい発言をした。

呆れて首を横に振る。

「いえ、そんなことはしていただけません。それに普通、この間柄で旅費を負担するなんてあり得ませんから」

「普通なんてこの際ほうっておけ。老い先短い身で使い切れない金を役立てようというんだ。誰にも文句を言われる筋合いはないだろう？」

伊丹さんは何気なさを装っていたけれど、瞳からは隠しきれない執着心が溢《あふ》れ出ていた。怪しすぎる態度に、ピンと来るものがあった。

「なぜそこまでして私達を連れていきたいんです？　もしかして、天体観測だけが理由じゃないとか？」

「別におかしな下心はない。ＵＦＯを召喚する会が開かれるというだけだ。中にはコンタクティーも数名いる。あんたも来たら歓迎されるだろう」

「やっぱり！　そんなことだと思いましたよ」

「コンタクティーってなに？」

　無垢な表情でこちらを見上げる彼方に、答える気にはなれなかった。十分におかしな理由だし、私はもう、二度と飛行機に乗るつもりはない。空港にさえ、あれから一度も足を踏み入れていないというのに。

　今度はかなり強めに拒否した。

「私は行けません」

「ええ⁉　でも僕、行きたいよ」

「彼方やお父さんが行くのはいいと思うよ。なにせすばる望遠鏡が設置されている観測所だもの」

「知ってる。新しい銀河をいくつも発見したんでしょ？」

「よく知ってるじゃないか。約百三十億光年も向こうの銀河団が最遠だったかな」

「見学ツアーなんかもあるんでしょ？」

「もちろん。まあ、実際に主鏡を覗くことはできないがな。見学も夜じゃなくて昼だ」

「うん、それでもいい。天文台のツアーとは別に、マウナケア山の天体観測ツアーに参加すればいいし」

伊丹さんが、片眉を上げる。

「なんだ、もう調べてあったみたいだな」

「いつか行ってみたいと思って、類人と調査したんだよ」

親が知らないうちに、彼方はかなりの速度で星バカへの道を突き進んでいたらしい。小さな星バカは、一等星みたいに輝く瞳をこちらへと向けた。

「ね、お母さんも行こうよ」

「さっきも言ったでしょう、お母さんはやめておく。PTAの集まりもちょくちょくあるし」

苦し紛れの理由を述べると、彼方はぽかんと口を開けたあと猛然と抗議した。

「嘘でしょ？　PTAとすばる望遠鏡を天秤《てんびん》にかけるわけ？　PTAのこと、いつもちょっと面倒そうにしてるくせに」

「それは――」

いよいよ言葉に詰まった私を見かねたのか、伊丹さんがタイミング良く口を挟んだ。

「彼方、ちょっと星でも観てきたらどうだ？　今日はミードのを使っていいぞ」

「え、でも――」

私とベランダのほうを交互に眺めたあと、ついに誘惑に負けたのか彼方が階段を駆け上がっていく。伊丹さんがいよいよこちらに向き直った。

「さて、まさか本当にＰＴＡが理由じゃないんだろう？　何か事情があるんだな？　あんたはさっき、行かない、ではなく、行けないと言った」

「だから、本当に大切なＰＴＡの会合があるんですってば。それだけですよ」

痛いところを衝かれたけれど、年々、厚みを増している面の皮の下に動揺を押し込める。

そう、伊丹さんの言う通り、私は行かないのではなく、行けないのだ。たぶん、生きている限り、もう二度と飛行機に乗ることはないだろう。

そっとお腹に手を当てても、もう返事はない。ＵＦＯからのメッセージも、二度と響かない。

後悔だけが、胸の中で星の死骸のように降り積もっている。

「ハワイの件は、夫と相談してみます」

「そうしてくれ。彼方のためには家族で行くほうがいいと思うが、最悪、彼方だけ私に預けてもらって構わない」

「まだ言うんですか？　正直にＵＦＯが目当てだと言えばいいじゃないですか。言っておきますけど、私が行ったところで、ＵＦＯなんてもう来ませんよ」

叱るように告げると、向こうも口をへの字にした。

「あんたが来てもＵＦＯが来ないのはわかっている。だが、あんたや亘さんが来れば、彼方は確実に喜ぶだろう?」

意外な言葉に、「え?」と聞き返してしまった。

伊丹さんが軽く鼻孔を膨らませる。

「私にも共に暮らす家族がいた時代があった。その経験によると、夏休みの子供に必要なのは、海や山で友と遊ぶ時間と、家族で過ごす時間だけだ。あんた達が私に彼方を預けるというなら、それは友と遊ぶ時間だろう? 類人にも声をかけるつもりだ」

「そうですか——彼方を行かせたい気持ちはありますけど、やはり夫と相談します。それと、念を押しておきますが、私は絶対に無理です」

少し治まっていた動悸が、再び早まる気配がした。

何か、話題を変えたほうがいい。

「それより彼方、学校のことで伊丹さんに相談なんてしてないですか?」

ずいぶんと年齢差はあるけれど、伊丹さんと彼方や類人君は、確かに星を介した友に違いない。学校でのことを何か打ち明けていても不思議ではない気がする。

「仮に相談を受けたとして、男同士の話を、相手の母親に漏らすと思うか?」

「いいえ。でも、もし」

さらに言い募ろうとしたのを、伊丹さんが遮った。

「しかし、私とあんたは大人同士でもある。あんたが、UFO話のつづきを打ち明けてくれるなら、私も彼方の話を漏らさないでもないぞ」

「男同士の秘密を、交渉に使うんですか？」

彼方も、こんな大人に大事な相談をするとは、随分と人を見る目がない。

「絶対に、口外はしない」

いつになく真剣な声に、ついに押し負けた。

「わかりました。ただし、夫にも彼方にも秘密にしてください」

息子の打ち明け話をいとも簡単に話そうとしている相手に、本当にあの話をしていいの？　そんな考えが頭をよぎったけれど、その懸念を押し破ってでも、言葉が口から飛びだそうとする。

誰にも言えない。言いたくない。そんな頑《かたく》なさを貫けるほど、自分がもう若くないことを、こんなタイミングで痛感するとは思わなかった。

「お話しする前に、カフェラテを淹れてください」

ブラックコーヒー信者の伊丹さんが苦々しく顔を歪めていくのを見てほんの少し鬱憤が晴れた私は、たぶん伊丹さんと同じくらい、いい性格をしている。

いつも肌身離さず持ち歩いているメモ帳を取り出し、ボールペンまでスタンバイして待ち構えている伊丹さんを眺めながら、淹れてもらったカフェラテを散々もったいぶって一口啜《すす》った。

「前回は、UFOがメッセージ通りに現れたところまで話したんですよね」

すかさず動悸がはじまった。記憶が、ぬめりとした生々しさを伴ってこの身を取り巻いていく。

「それからも、UFOからのメッセージは継続的に届きました。そうですね、年に二度くらい、多い年だと五度くらいあった時もあります」

「そんなにか⁉」

「ええ。決まって、うとうととして眠りかけた時にメッセージが来るんです。前日に教えてくれることもあれば、向こうもそのうち面倒になったのか、三十分とか一時間前にメッセージが来ることもあって。けっこう家を抜け出すのが大変でした」

中学生に上がってからの栞ちゃんとの待ち合わせは少し気が重かった。とっさの呼び出しで隠しきれなかったとおぼしき赤黒い痣や生々しい傷が、洋服からすらりと伸びる手足に見受けられたから。

両親のどちらが栞ちゃんに危害を加えていたのかはわからない。あるいは両方とも加害者だったのか。いずれにしても顔を慎重に避けて危害を加えていたのだと思う。

栞ちゃんの当時の様子を話すと、伊丹さんは口元を引き結んだ。

「近所の人間は何もしなかったのか」

「狡猾《こうかつ》な人達というのはどこにでもいるものでしょう？　栞ちゃんの両親は地元で社会

的な地位もあったし、とても子供に虐待を加えるようには見えなかったんです。私の両親に訴えても、本気にしてくれませんでした」

栞ちゃんも、普段は巧みに隠していた。私にだけ、あけすけに痣や傷を晒《さら》していたことの意味を、今もわかっていない。私くらいの子供なら、何も気がつかないと思ったのか、それとも何か行動を起こしてほしいというSOSだったのか。

「とにかくUFOからのコンタクトはつづきました。私が中学三年生になるまで」

「するとと九年間もあんたは宇宙人と交信していたんだな」

「宇宙人とは限りませんよ。あれは未来から来た人々だったのかもしれないし」

私の指摘をさらりと無視して、伊丹さんが先を促す。

「で、中学三年の時に何が起きたんだ？」

「――その年って、何があると思います？」

物問いたげな表情を改めて、伊丹さんが頷いた。

「受験か」

「そうです。あれはもう試験間近の冬だったと思います。連日の受験勉強で疲れ切っていて、その夜もようやく眠れると思ってベッドに潜り込んで。うとうとした時に、今から行くから裏山に来いって誘われたらどう思います？」

「私だったら素っ裸でも飛んでいくがな」

そうだった。この人はそういう人だった。

「十五歳の真面目な受験少女は違います。もう、眠くてしかたがなくて、うるさーい、迷惑だからもう連絡してこないでって頭の中で叫んだんですよ」

伊丹さんの顔に、じんわりと絶望が染み広がっていった。

「嘘だろう。よくもまあ、そんなことを。それで、それっきりなのか」

「ええ。それに――栞ちゃんとも、もう二度と会えませんでした」

暗く沈んでいた伊丹さんの表情に、ぽっと明かりが灯り、次いで疑いが浮かび、やがて先ほどよりもさらにほの暗い絶望が浮かんだ。

目まぐるしく変わった表情の意味を、私は多分、正確に摑めていると思う。私自身も、栞ちゃんのことを考えるたびに、同じように表情を変えているだろうから。

「正確なところはわかりません。でも、裏山には、コンタクトの度に栞ちゃんが運んできていたスーツケースが転がっていたそうです。だから、きっとUFOに連れていってもらえたんだとは思っています」

「そうだな。きっとそうだ。地球のものなど、文明の進んだ宇宙人との旅には必要がないだろうから、捨てていったのだろう」

「ええ、そうに決まってます」

最初にUFOが現れた夕方、栞ちゃんは確かに囁いた。「私を攫《さら》って」と。

栞ちゃんの失踪後、警察や地元ボランティアによる捜索が大々的に行われ、一時は裏山によく二人で出掛けていた私にも捜査が及んだものの、やがて栞ちゃんの行方不明事件は風化していった。

彼女の両親さえ、彼女を忘れたように見えた。

暗い想像はいくらでもできる。しかしそれでも、私は信じたいのだ。人間に助けてもらえなかった栞ちゃんは、ついに宇宙人に救いの手を差し伸べてもらったのだと。

そうでなければ、私はただの裏切り者だ。栞ちゃんが被害にあっているのを知りながら見殺しにした罪人だ。

「私のことを、責めないんですか？　なぜもっと、栞ちゃんのために行動を起こさなかったのか、とか、学校側に訴えなかったのか、とか」

伊丹さんは訝しげに片眉を上げ、コーヒーを啜る。

「周りの大人がしてやれなかったことを、なぜ当時子供だったあんたが成し遂げられなかったといって責めるんだ？　自分を買い被《かぶ》るな。あんたはただの子供だったんだ」

「そうですけど――私にもできることはあったはずなのに、しませんでした。後悔に蓋をして、UFOに連れていかれたなんて、ファンタジーにして誤魔化してきました」

「いいじゃないか、それで。後悔を抱えずに生きている人間がこの地球にいると思うか？　少なくともあんたの後悔は、UFOとともにある。その幸運を思え」

星バカか、さもなくばUFOバカ。私の人生には、二種類の男しか現れないのだろうか。

いずれにせよ、一世一代の悔恨を打ち明けたはずなのに、返ってきた答えがあまりにもあっけらかんとしたもので、こちらの気も抜けてしまった。

伊丹さんは私が受験などのためにUFOを拒んだのがよほど信じられなかったらしく、「あり得ん。あまりに愚かだ」と話を巻き戻して無念がっている。

「――これで、私の話は終わりです。もう、つづきはありませんよ。あれから二度とUFOからのコンタクトはなかったですし」

「宇宙人がどんな姿なのか、せめてそれくらいは確かめなかったのか」

「まさか。だって実際、UFOに遭遇してみてくださいよ。畏怖の念で身動きが取れなくなりますよ」

「そうかな？　僕だったら絶対に会いたいけどな」

突然の声に、びくりと振り返った。いつの間にそこにいたのか、ベランダから降りた彼方が、この間の夜のように階段に腰掛けてこちらを見つめている。

「どこから聞いてたの⁉」

「うーん、ほとんど全部かな。だって、あんな風にあからさまに人払いされたら逆に気になるし。そもそも僕抜きで話すなんてずるいよ」

子供かと思えば大人で、大人かと思えば驚くほど幼い顔になる。

あの子がちゃんと生まれていれば、やはり、こんな風に私を振り回してくれたのだろうか。それとも女同士、男達の愚痴でも言い合って、ゆったり笑っていただろうか。

「お母さん、どうしたの？　泣いてる⁉」

階段から立ち上がって訝しげに尋ねてくる彼方の声に、逆にこちらが狼狽《うろた》えてしまった。そっと頰に触れてみると、きちんと乾いている。目が潤んだものの、涙がこぼれるほどではなかったようだ。

立っても座っても泣いていた頃もあったけれど、あれから十年以上の時が経ってしまったのだと改めて思う。

「ううん、ちょっと目がごろごろしただけ」

伊丹さんがティッシュ箱をまるごと差し出す。

まだ何か、話していないことがあるな。

無言で尋ねられた気がしたけれど、知らないふりで通した。

帰り道、少し沈んだ気持ちを引きずったままハンドルを握った。

どさくさに紛れて、結局、彼方が伊丹さんに打ち明けたことを確認する間もなく出てきてしまったことに気がつく。

「やられた」

私とは反対に、彼方は興奮冷めやらぬ様子で、飽きもせずに国立天文台のパンフレットを読んでいるようだ。

「ハワイ、お父さんもいいって言ってくれるよね？　お母さんからも頼んでみてよ」

「行ったら星漬けになるけど、それでもいいの？」

「いいに決まってるじゃん！　僕、前から行ってみたかったし」

「それじゃ、自分でお父さんに頼んでみたら」

亘も、伊丹邸で望遠鏡を覗いているくらいだったら、もう星に対する過剰反応も大分収まってきたのだろうし、国立天文台にも行ってくれるかもしれない。

「わかった。でもさ、お母さんは本気で行かないわけ？　PTAの予定なんてずらしてもらえないの？」

「――まあ、ちょっとね。この機会に男だけの旅行を楽しんできたらいいんじゃないの？　それに、実は飛行機に乗るのって怖いし」

PTAの話は嘘だけど、飛行機の話は少なくとも嘘ではない。

「なんで？　僕が隣に座るから大丈夫だよ。全然怖くないって。ちょっと離陸の時と着陸の時にお腹がすうってするって類人は言ってたけど、そんなの平気でしょ？」

――わかっている。彼方は何も知らない。ただ、私を勇気づけようとしてくれているだけ。それでも、子供らしい無邪気な気遣いが憎らしかった。

「――平気なわけないでしょ」

子供に対して向けるべきではないとげとげしい声を、走行音に紛らせて放つ。

今のように発作的に、彼方を憎らしいと思ってしまう瞬間がある。子宮の奥にくすぶるブラックホールを自覚する度に、飛行機の離陸時みたいにお腹全体が疼《うず》く。

困惑した表情でバックミラー越しにこちらを見つめる彼方から、さっと目を逸らした。

「お母さんってさ、前は飛行機に乗れたよね？」

囁くような声。聞こえなかったふりをしても不自然ではなかったけれど、ぎくりとわかりやすく肩がぶれた。ハンドルをしっかりと握り、それでも聞こえなかったふりを貫く。

亘に、つまらない男にならないでよ、とあれほど心の中で毒づいてきたのに、自分も大概、つまらない女だったことにようやく気がついた。

家に帰って食事を済ませ、リビングのテーブルで宿題をする彼方に麦茶を差し出した。暗黙の了解で、先ほどの会話はなかったことになっている。ただ時々、彼方から気遣うような視線を感じて、情けなさが募った。

なぜ私があんなに苛々《いらいら》をぶつけたのか、きっと彼方にはまったく理由が思い当たらないだろう。

「ただいまあ」

いつもより早めに帰宅した亘は、やはり疲れ切った様子だけれど、今日に限ってはこの時間に帰ってきてくれたことに感謝してしまう。

彼方も同じ気持ちなのだろう。明らかにほっとした様子で立ち上がった。

「お帰り。今日さ、伊丹さんのところに行ってきたよ」

「え？　今日って行く予定あったんだっけ？」

息子からの報告に、亘がやや残念そうな声を上げた。

「ごめん、急な誘いだったから二人で行ってきちゃったの」

「急なって、今夜は特に天体イベントもなかったよな？」

手早く着替えてからリビングに戻ってきた亘に、彼方がやや緊張の滲む様子で伊丹さんから預かったパンフレットを差し出した。

「これ、伊丹さんが家族で一緒に行かないかって」

「国立天文台⁉　もしかしてすばるか？　まさかアルマのほうじゃないよな⁉」

「さすがにチリまでは誘わないって。いや、じいさんならあり得るけど」

「すごいな、彼方はアルマのことまでもう知ってるのか」

男同士、何か通じ合ったように顔を見合わせ、ニヤリと笑っている。

「ねえ、お父さん、いっしょに行ってくれる？　僕、ここ、超行きたかったんだよ」

「まあ、そりゃ——そうだな。うん、お母さんと相談してみるよ」

「でも、お母さんは行けないって。ＰＴＡとかで」

車内での気まずい会話を思い出したのか、最後のほうは、彼方の声が尻つぼみになる。

一瞬、こちらと目を合わせたあと、亘が「そうか」と頷いた。

「それじゃ、お父さん、少し仕事の調整してみるよ」

「え、いっしょに行ってくれるの⁉」

わっと宿題のプリントを放り投げそうな勢いの彼方に、亘が怖い顔をつくってみせた。

「待て待て、通知表次第だからな。条件は全部四以上。一つでも三があったらお父さんだけ行ってくる」

「うわあ、それ、今さら言われてもめっちゃきついよ」

妙に楽しそうな様子で会話をつづける二人を残し、キッチンカウンターの奥へと引っ込んだ。

何も考えないよう、ただ、食器洗い機に食器をがちゃがちゃと放り込んで、苛立ちを発散させる。

何もかもなかったことみたいに、時が降り積もっていく。大切な存在を覆い隠してしまう。私でさえまた、星の世界に戻ってきてしまった。

彼方が眠ったあと、家のベランダに出て空を見上げた。

ねえ、あの子が空に帰ったかどうか、栞ちゃんなら知ってる？

薄雲のかかった空の向こうに、消え入りそうな星明かりが微かにまたたいていた。

*

彼方を出産後、職場に復帰してからはずっと時短勤務だ。幼い頃と違って、急な発熱などで予定外の早退をすることは少なくなったけれど、会社のデスクにしがみついていなくても、効率的にやれば午前中にでも終わってしまうような仕事が割り振られている。

『一華さん、もう終わっちゃいました？　だったら、今日はちょっと遠出しません？』

こっそりとメッセージを送ってきたのは、最近職場復帰したばかりの直美《なおみ》ちゃんだった。こちらが感心するくらい勘のいい子だから、この部署での仕事もあっという間に覚えてしまい、業務をさらに効率化させて、いつも私よりも早く終えている。

二人で普段お弁当を食べている広場よりさらに遠くの公園に出向くと、未就園児を連れて散歩に出てきた疲れたママの姿が目に入った。

「大変ですよねえ。幸せもあったけど、もういいかな」

直美ちゃんは、くったくなく笑う。

「でも今の環境、直美ちゃんには物足りないんじゃない？　前の部署に戻りたくない？」

「いやあ、そんなことないですよ」

ハンカチを広げながら、直美ちゃんが首を横に振る。

「だって、あんなに残業して働くの、もうきついですもん。子供といっしょの時間を過ごしたいし。だから、いっそ独立しようと思ってるんですよね」

「へ⁉」

思わず凝視した横顔によく似た晴れやかさを、最近、どこかで目にした気がしたけれど、はっきりとは思い出せない。

「独立って、自分で事業をやるってこと？」

「ですです。社長になるんですよ。一華さんを誘えるほどまだ目途《めど》が立たないですけど、軌道にのりはじめたらいっしょにやりませんか？」

驚いてにわかには答えられずにいると、直美ちゃんが破顔した。

「なんちゃって！　まだまだ夢物語ですけどね。とりあえず、家のローンとか教育費問題とかあるし、しばらくは辞められないって感じです。あ〜、もっと自分だけの時間がほしい‼」

空に向かって伸びをする直美ちゃんに、それはもう深く頷く。

「わかる。自分だけのことを考えてぼんやりしたいよね」

「そうそう、ゆっくり散歩して美容院行って、お買い物して、自分の将来のこと考えて。

今なんて、三十分でもそんな時間が持てたら感動って感じですもんね」

「ほんとほんと」

相づちを打ちながら、愕然《がくぜん》としていた。直美ちゃんが言葉を継いでくれたからいいものの、私は、自分だけのことを考えるといっても何について考えたいのか、そのあとどうしたいのか、具体的には何も思い浮かばなかったのだ。

「一華さん、一華さん？」

「ん？　ああ、ごめん。あんまりいい天気だからぼうっとしちゃって。それで、直美ちゃんは一体どんなビジネスを起《た》ち上げようとしているわけ？」

「それはですね――」

意気揚々と語られる直美ちゃんのママ向けビジネスのアイデアを、笑みを浮かべて聞くだけで精一杯。

私って、こんなに中身のない人間だったっけ？

直美ちゃんがお手洗いでベンチを立った直後、空に視線を逃がそうとした。その瞬間、スマートフォンに千春さんからメールが届く。

『彼方君から聞いたんだけど、伊丹さんとのハワイ旅行の話、類人はやめておくね。実は、塾の夏期講習に申し込んじゃったんだよね』

『了解だよ～。そうよね、うちも考えなくちゃ』

文末に汗マークを打って、画面を閉じる。中学受験をするなら、小学三・四年生くらいから本格的に塾に通い始めて、受験まで勉強漬けの日々を過ごすのが一般的だ。早い子だと、二年生くらいから通い出す子もいる。

成績のいい類人君だから、少し遅めの今からでも間に合うのだろう。

彼方にも行かせたほうがいいのだろうか。あの子の成績ではもう手遅れの可能性だってあるけれど。

落ち着かない気持ちになって、教育関係のサイトをスマートフォンで検索しはじめる。

「お待たせしましたあ！　戻りましょっか」

近づいてきた直美ちゃんの明るい声で、検索する指が止まった。

家族のことなら、いくらでもこの先の心配やら何やらが溢れてくるのに、自分のことは何も思い浮かばないなんて――。

立ち上がった拍子に、ようやく視線が上に向き、空に浮かぶ薄青い三日月が目に突き刺さった。

帰宅後しばらくすると、泥だらけのユニフォームを着込んだまま彼方が帰ってきた。

「ちょっと、先にシャワー浴びてきたら？」

「うん。それとハワイ、類人は行けないって。塾の予定詰まっちゃってるらしい」

「千春さんから聞いた。彼方もさ、少しでも私立に行きたい気持ちあるなら、一応、今からでも塾とか行った方がいいんじゃないの？　受験なんて、すぐに準備できないしさ」

「え〜、やだよ。星を見る時間なくなっちゃうしさあ。あ〜あ、類人がじいさんちに来られるのって、今年いっぱいくらいかもなあ」

暢気《のんき》な息子には任せておけない。少し、進学塾のパンフレットでも取り寄せてみようか。

彼方がシャワーを浴びている間に、珍しく亘も早めに帰宅したようだ。玄関ドアが開く音につづいて、特大のため息がリビングに浸食してくる。

「お帰り」

カウンターの内側から声をかけると、夜遅くに帰る時とさほど変わらず疲れ切った様子の亘が顔を出した。

「今日、ようやく評価ミーティングで部下と話したんだけどさ。まあ、なんか、できない奴に限って腑《ふ》に落ちない顔してきてさあ。俺、ほんと何のために仕事してるんだろ」

「本当だよね」

「え？」

本当に、亘はなんのために働いてるの？　家族のため？　お金のため？　わかるけど、亘も私も、自分じゃなくなってるよね？

「私ちょっと、夕食の材料買い忘れちゃったから、コンビニ行ってくるね」

「あ、それなら俺が——」

亘の顔を見ずに、家を飛び出した。

何だかおかしい。何だか不安定だ。でもその〝何〟の正体がわからない。

星の世界へ亘が少しでも戻ってくれたら、それが良いきっかけになって、一等星みたいに明るい未来へ進んで行ける気がしていた。でも、今の状況は？

亘は、少しは明るい顔をするようにもなったけれど相変わらず愚痴だらけだし、彼方は心配の種ばかり蒔《ま》いてくれる。明るい未来どころか、曲がりくねった急カーブの道を、先を見通すこともできずにただ必死に走らされているだけ。

帰宅する人の流れとは逆に、夜道を駅方面へ向かって歩く。商店街と呼ぶにはあまりにも簡素な通りには、コンビニと酒屋だけが開いていて、下戸の行き先は一つだけだった。

耳慣れたチャイム音に迎えられ、何を買う当てもなくコンビニの自動ドアをくぐる。明るい照明に我が身を照らされてみると、一体、なぜ家を出てこんなところまでやってきたのか、自分でもわからなくなって途方に暮れた。

無難に雑誌コーナーの前まで行くと、奥のほうに見慣れた横顔を見つけてぎくりとする。視線を感じたのか、向こうもこちらに顔を向けた。

やはり、先ほど別れたばかりの伊丹さんだ。

「こんばんは」

「なんだ、家出でもしてきたのか?」

尋ねられて言葉に詰まると、伊丹さんが小憎らしく片眉を上げてみせた。

「伊丹さんこそ、こんな時間にコンビニで立ち読みですか?」

「違う、試し読みだ」

慌てて棚に戻した雑誌はオカルト系で、未確認飛行物体の特集号らしかった。気まずそうに視線を逸らした伊丹さんをそっとその場所に残し、飲料コーナーへと移動する。何を思ったのか、伊丹さんもわざわざついてきて横に並んだ。手持ちのかごには、付箋とセロテープが在庫まるごと買い占めたのではないかと思うほど沢山入っている。

「研究の必需品だ」

言い訳がましく呟く伊丹さんに、素っ気なく告げた。

「私のことはお気遣いなく。雑誌、読んでいてください」

「もう大体読み終わった。それより、ハワイの件は家族で話したのか?」

やっぱり立ち読みしていたんじゃないの。

「ええ、夫が彼方と行くそうです」

「あんたは本当に行かないのか？」

「私は――この間も言った通り、行けません」

「子供と空を見上げる以上に大事なことなんて何もないだろうに。愚かだな」

こちらの事情など斟酌《しんしゃく》しない侮蔑のまなざしを投げつけてきたあと、伊丹さんがカフェラテと炭酸飲料をガラスケースの中から選びとった。

「さあ、行くぞ。あんたはこれでいいんだろう？」

ペットボトルをこちらに掲げてみせ、返事も聞かずにレジへと向かう。

「え、ちょっと」

「コーヒーくらい付き合ってやると言ってるんだ」

「はい？　付き合ってほしい、ですよね？」

身なりの良さに騙されてはいけない。やはり伊丹さんは、少し性格が悪い。それでも、大人しくついていく私は、やはり疲れているのだろう。

二十歳そこそこらしきバイト店員の好奇の視線を浴びながら、二人して店を出る。

コンビニからほど近い猫の額ほどの児童公園のベンチに腰掛け、二人で形だけの乾杯をした。

帰りが少し遅くなりそうだ。二人の夕食が気になって連絡を入れようか迷ったけれど、さすがに亘が何とかするだろうと思い直す。

微糖と明記してあるカフェラテは、かなり甘みが強い。

「それで、なぜ行かない？　いや、行けない？」

「二人が旅行に出ている間に、家族のことをじっくり考えたいんですよ。夫のことも、息子のことも、考えようと思っても、日々のことに流されて、全く考える暇がないですし」

主な理由ではないけれど、これも嘘ではない。

「なるほど、家族のことをな」

皮肉な口調が耳につっかえる。

「なんですか？　本当に、そう思ってるんですけど」

「だろうな。まったく疑ってはいないさ」

一体、この状況は何なのだろう。今は確かに初夏で、私たちにまとわりつく夜気は若干、暑苦しいくらいだ。それなのに伊丹さんの視線は季節外れのつららのようで、自分さえ届かない心の奥を無遠慮につついてくる。

「何が言いたいんです？」

「あんたはいつも、家族の話ばかりだな。ＵＦＯの話はあんたが主人公かと思えば、やっぱり隣の家の幼なじみが主人公。家族が旅行に出ている間にじっくり何を考えると言った？　夫と息子のことだと？　二人とも男だ。しかも亘さんは大の大人で、彼方ももう小学校高学年。母親なしの時間のほうが多くなっていく年齢だぞ」

心底呆れたような口調に、さすがにこちらも声が尖る。

「そんなこと言うなら、少しは私を安心させてほしいですよ。夫が帰ってくるなり会社の愚痴も言わず、日々に楽しみを見つけて人生を愛してくれたら、私だって夫はこのままでいいのかとか、息子が働くことにネガティブなイメージを持つんじゃないかとか、あれこれ思い悩まずに済みます。

息子が学校で友達と上手くいっていて、夜中にこっそり抜け出して見知らぬ他人の家に上がり込んだりしていなかったら、私だって、もっと自分のことを考えようって気にもなりますよ。たとえ、毎日まいにち、彼らの洗濯物を夜に干して、翌朝出勤して、帰って夕ごはんの支度をして、また洗濯して寝るだけの生活をしていてもね」

句点の代わりに、ペットボトルの底をベンチに打ち付ける。

伊丹さんが、憐れな小動物を見つめるまなざしになった。

「あんたは、二人には変わってほしいと思うのに、自分は何も変わらなくてもいいと本気で思っているのか？　二人の人生が上手くいかないのはあんたの問題じゃなくて二人の問題だ。同じように、あんたが二人のことを考えすぎるのは、二人のせいじゃなく、あんたの問題だ。なんだ、その目は。今、説教くさいじじいだと思ったな？」

「わかってるなら、少しは控えてくださいよ」

飲んでいるのはカフェラテのはずなのに、お砂糖にでも酔ったのだろうか。伊丹さんのそれによく似た遠慮のない言葉が、私の口からもすらすらと出ていく。

「なぜ私が、二人のために変わらなくちゃいけないんですか？」

「二人のためじゃない。あんたのためにだ。その母性本能を、自分に向けてみろ。もっと自分に与えるんだ」

別に、罵倒されたわけでも、悪口を言われたわけでもない。ただ、今のままではダメだと否定されたことに、無性に腹が立ってきた。だって、伊丹さんに何がわかる？　見たところ、家族と暮らしているわけでもない。悠々自適に星空を眺め、宇宙人の建造物がこの広大な空のどこかにあることを信じて観測をつづける、銀河の片隅の変人だ。

つまり、そんな人に、妻や母親としての苦悩がどれほどわかるのか、ということだ。

私の思考を望遠鏡でつぶさに観測していたように、伊丹さんが呟く。

「誰かのためと称して、その誰かのことばかり考えて時間を浪費している人間は実に多い。なぜだかわかるか？　誰かの人生のことにかかずらっているほうが楽だからだよ。何か起きても、本当に傷を負うのはその誰かであって、決して自分じゃない。あんたは、何か逃げたい問題を抱えているんだな」

「わかったようなこと、言わないで！」

自分の沸点が意外と低いことを、久しぶりに思い出した。

伊丹さんは、精一杯凄《すご》んだ私に、ちっともひるむ様子をみせずにつづける。

「家族と人生をともにすることと、家族に人生を捧げることをいっしょにするな。後者は決して美談じゃない」

霞《かす》んだ空の向こうから、星々が潤んだ光を放っていた。その下で、知り合って間もない老人から生き方について説教をされている。

こんなにも怒りに満ちているのに、なぜ私は、彼の隣から去ろうとしないのだろう。かなり立ち入った辛辣《しんらつ》な意見を言われたのだし、傲然《ごうぜん》と立ち去ったっていい場面だ。

「まあ、少し考えてみるんだな。自分がコンタクティーとして選ばれた幸運を思うんだ。あらゆることがあり得るってことを、肌で知っている幸運を」

答えずにいると、伊丹さんもそのまま無言になった。二人してちびちびとペットボトルを傾け、別の方角の空を見上げて、多分、別々のことを考えている。

先に立ち上がったのは、伊丹さんのほうだった。

「帰る。くだらんことを喋りすぎた」

なぜか捨て台詞のように言って去っていく背中を見送りながら、胸の中に巣くうブラックホールが威力を増していくのがわかった。

いつも、なぜ亘が人生を楽しめないのかと心の中で責めていた自分。そんなに嫌なら会社なんて辞めて、歯を食いしばって星の世界で生きていく算段をすればいいのにと毒づいていた自分。変わってほしいと思っていた、変わるべきだと思っていた。

彼さえ変われば、息子さえ心配をかけないでいてくれれば。

しかし、私から家族に対する憂いを取り払ったら？　今日のお昼休みのように、何がしたいのかさえわからない自分がぽつんとベンチに座っているだけ。そのことに気がついた途端、胸の中のブラックホールに私自身が取り込まれそうになった。

昼間の自分を思い出しながら、指先からすうっと血の気が失われていく。

私は、ずっと間違った時間を生きてきたのだろうか？　あの時からずっと、時間を止めて、自分を生きることから目を逸らしつづけてきたのだろうか？

そうだとしたら、どうすればいい？　私は、本当に変わるべきなの？

空を見上げると、霞んだ空から、右頬に一滴、滴が落ちてぽつんと当たった。

あの子からのイエスに聞こえたと言ったら、亘は笑うだろうか。

家に戻ると、玄関先に凸凹の二つの人影が並んでいた。

小さいほうの影が、こちらに気がついて大きく手を振ってくる。

「お母さん、大丈夫だった⁉」

「連絡、何度も入れたんだぞ⁉」

「ごめん、気がつかなくて。コンビニで伊丹さんと偶然会って、少し話してたの」

「じいさんと⁉」

　玄関の中に皆で入り、靴を脱ぐ。随分と短かった家出が終わりを告げる。

　亘や彼方に迎えられて廊下を歩いていると、何だか、伊丹さんと話した時間が夢のような気がしてくる。あり合わせの材料でチャーハンをつくって食べたという、あまりに日常的な報告を受けたせいかもしれない。私の中心にブラックホール？　私は一体、何を考えていたのだろう。

「こんなに長い時間、何を話していたんだ？　お互い、明日も仕事なんだぞ？」

「うん、ごめん。彼方も、もう寝て。成績下がったらハワイ旅行はなしでしょ」

「うわ、やっべ！」

　慌てて寝室へと戻っていった彼方を見届けてから、亘が改めてこちらに向き直った。

　――自分は何も変わらなくてもいいと本気で思っているのか？

　伊丹さんの辛辣な言葉が、耳の奥で甦る。

　別に、そういうわけじゃない。ただ、私が変わるなんて考えたこともなかった。日々を障害物競走のようにこなすので精一杯だっただけ。これも、言い訳でしかないか。

　口を開きかけた亘を、少し大きめの声で遮る。

「ごめん、ちょっと一人で整理したいことがあるの。話は、また今度ね」

　ぐるん、と世界が反転する。亘が壇上にいたはずなのに、今スポットライトを浴びて話しているのは自分だ。

軽く口を開いてこちらを見つめている亘は、観客そのもの。

次はどうする？　亘がどう出るかを考えることはあっても、自分がどうするかを深く考えてこなかった。少なくとも、この数年はずっと。

──次はどうする？

もう一度、問いかけてみる。

今度は、自分のずっと奥のほうにいる何かが、勝手に両足に命令する。

あっちだ。あっちに、やるべきことがある。誰かのためじゃなく、自分のために。

納戸の前で、両足が止まる。手が勝手に扉を開け、荷物が積まれた奥から段ボールの箱を引っ張り出してくる。

何も伊丹邸まで出向く日だけじゃなくていい。

星は、いつも頭上に輝いている。あとはそれを、見るかどうか。

「おい、一体どうしたんだよ」

「私、星の世界に戻るよ。彼方の付き添いとかじゃなくて、私のために。だから、先に寝てて。ついてこないで」

「いや、ついてこないでって──」

一気に宣言した私に気圧《けお》されたように、亘が小さく頷いたあと、寝室へ去っていった。

前の私なら、フォローのために追いかけただろう。しかし、今夜はそれをしない。決心しながら、あ、と気がつく。

もしかして今、私は宇宙を少し変えられたのかもしれない。

ごく小さな変化が、さざなみのようにあたりに影響を及ぼしていくのがわかる。

心地よい心臓の律動を感じながら、二階へと急ぎ、狭いベランダへと出た。

十年以上前、彼方の前に授かった子が安定期に入ったのを見計らって、ハワイの国立天文台へと旅行に出掛けた。いくら安定期とはいえ、一定のリスクがあることを知っていたのに。じっくり星を観るのは最後になるかもしれないからと、すでに星の世界から離れていた亘を家に残したまま、天文サークル時代の友人といっしょに飛行機に乗った。

生まれてくるはずだった子は、とても賢い子だった。星のように輝かしい女の子として生まれるはずだった。お腹の中にいる時から、キックゲームで尋ねればきちんと応えてくれるほど、私と確かにコミュニケーションができていた。何か質問をして、イエスならば一度、ノーならば二度、お腹を蹴り返してくれていた。だから名前を星子《せいこ》と決めていた。賢い、小さな星の子。それなのに、ダメにしてしまった。空からの大切な預かり物を、この世界に送り出してあげることができなかった。

あの子の安全よりもただゆっくり星を眺めたいという私の欲を優先し、飛行機に乗ったばっかりに。

それから、星空を眺めることを自戒するようになった。もしかして、自分自身について考えることさえ、自分に許してこなかったのかもしれない。

表面上は、亘に気を遣っているのだと装いながら、その実、あんなことの後でも星空を美しいと感じてしまう自分を心底醜いと自覚するのがいやだっただけなのだ。ずるくて、卑怯《ひきょう》な日々を振り払うように、指先が手早く天体望遠鏡を組み立てていく。

私は醜い。私はエゴイストだ。時が経ち、星の子を失った悲しみも風化している。あんなにひどい痛みさえ、この胸の中にとどめていられないちっぽけな存在だ。

それでも、空を見上げれば、星はまたたいている。

この星で、自分としてしか生きることのできない私を、照らしている。

ごめんね、また空を見上げていい？

琹ちゃんが今も、宇宙船に乗って旅しているかもしれない空を。あなたから、メッセージが降ってくるかもしれない空を。

空に向かって問いかけたけれど、もう滴は落ちてこない。

ただ、私だけが、私の声に耳を澄ましていた。

第三話　トゥ・インフィニティ&ビヨンド

たとえば月や水星から、相田《あいだ》の今吐いた言葉が聞こえるか？

「おい、固まってないで何とか言えよ」

工夫の欠片もないありきたりの絡み文句。教室の片隅にまで差し込んできた西日は、精神の不安定さがにじむ相田の歪んだ口元を照らしている。

「おまえ、本気で天体観測なんてしてんのかよ⁉　あり得ねえ！」

理科の時間に、地軸の傾きと季節の関係について、僕が質問に上手く答えたのが気にくわなかったらしい。まあ、別に下手に答えたって、気にくわなかったと思うけど。なぜなら相田は、僕の存在そのものがウザいんだそうだ。

「そう思うならほっとけよ。別に僕が天体観測してたって、相田に何の関係もないだろ？」

「地学系の問題だけは賢いと思ったら、天体観測な。へえ、家族で休日とか仲良くお出かけしちゃうわけ？　だっせえ！」

取り巻きの一人である細川《ほそかわ》が、相田の言葉にゲラゲラと笑ったのに合わせて、もう一人の取り巻きである池内《いけうち》も笑う。

「どこが？　家族で天体観測することの、どこがださいわけ？」

できるものなら、僕だってしたい。今のところ、一度も実現できていないけど。

「まさかＵＦＯとか探してたりして！」

「さすがにそれはないでしょ。宇宙人とかいたら俺だって会いたいけどさ」

「別に、いてもおかしくないだろ？　天の川銀河だけで地球型惑星がいくつあるか知ってるか？　約十億個から百億個だぞ」

ちょっとした沈黙のあと、三人が腹を抱えて笑い出した。

「井上さあ、まじウザすぎるだろ」

相田が、ひいひいと目尻の涙を拭いながら肩を組んできた。脳味噌《のうみそ》は小さいくせに、身体だけはいっぱしにでかい。頭一つ分くらい上から回された腕は、すでにヘッドロックの体勢に入っていた。このまま上に引っ張り上げられたら、普通に両足が床から浮くだろう。

「そんなに自信があるなら、ＵＦＯの写真でも撮ってこいよ。できなかったら――俺達、三沢《みさわ》への当たりがキツくなっちゃうかもしれないよ？」

バカにつける薬がないって言葉は、本当だ。多分、ＵＦＯを飛ばせるほど進んだ文明を擁する星にも一定数のバカは存在していて、そいつらにもつける薬はないんだと思う。我ながら、ずいぶんと希望のない観測だけど。

「おい三沢、来いよ」

驚いて相田の視線をたどると、確かにさっき教室から出ていったはずの三沢がいる。

なんでわざわざ戻ってきたんだよ！

舌打ちしたいのをこらえて、来る必要はないと軽く目で制した。くっきりとした大きな目がこちらを見返して、迷いのない足取りで近づいてくる。宇宙みたいに謎めいて映る紺色のスカートの裾が、ふわりと揺れた。

「三沢、こいつがＵＦＯの写真、おまえのために撮ってくれるってさ。ついでに、撮れなかった時もまた体張って守ってくれると思うぜ」

「やめなよ。そんなことしても、何も変わらないよ」

いつも通り、冷静を通り越して冷淡にさえ聞こえる三沢の返事を聞いて逆上したのか、相田の腕にぐっと力がこもり、首が上に引き上げられる寸前になった。

「おい、何やってる⁉」

意外な人物が教室へとずかずか踏み込んできた。川原《かわはら》先生だ。担任でも僕や三沢のクラブの担当でもなく、生活指導でもない、ただの理科教師。ふたたび僕の足裏が床と密着する。無関係の川原先生がこのタイミングでやってきたということは、三沢がこうなることを予測して、あらかじめ助けを呼んだのかもしれなかった。

少し荒くなった呼吸を整えている間に、相田達がださい言い訳を並べ立てたあと、ふてぶてしく教室から去っていく。

「おまえら、大丈夫か？　相田達と何かトラブルでもあるのか？」

「いえ、特にないです」

笑顔で首を横に振ってみせる。ヘッドロックのかかった襟元は多分少し乱れているけど、ここで川原に首を突っ込まれると面倒だ。俺はいいけど、多分、相田から三沢への嫌がらせが増す。

「でも――」

反論しかけた三沢に少しきつい視線をなげかけると、渋々といった様子で同意した。

「私の勘違いだったみたいです」

「もし何かあるなら、光村《みつむら》先生でも俺でも相談に来いよ。間違っても生徒だけで解決しようとするな。いいな？」

念押ししたあと、川原先生が去っていった。

「ごめん。川ちゃんなら井上君と仲良いし、呼べば何とかなると思ったんだけど、余計だった？」

俯く三沢の髪が耳から落ちて、さらりと頬にかかる。

「いや。でも大人が絡むと、あいつら過剰反応するからさ。もう気を遣わないで帰れよ。僕なら大丈夫だし」

以前、担任の光村先生に相談した時、結果的に相田達の絡みは地下に潜って厄介になった。先生にしても、それ以上は生徒間での揉め事に強く踏み込みたくないって態度が見え見えで、それに苛立っていた頃もあったけど、三沢にあることを言われて追及を諦めた。

「先生、多分、うつ病だと思う」

以前、職員室を訪れた時、偶然、バッグからはみ出している錠剤を見てしまったのだそうだ。ずっと前、歳の離れた従兄《いとこ》が飲んでいたのと同じ薬だったという。今思えば、何気にヘビーな事実をさらりと話してくれたもんだ。

親や先生が思うより、僕達はもう大人だ。ただ、経済的に自立していないだけで、随分とこの世界の仕組みについて理解している。

たとえば、授業で聞かされるきれい事と違って、人間世界における北極星はお金であること。だから、相田の家が経営するスーパーで父親が働いている三沢は、大声で相田を非難できないこと。僕のお父さんが精神的に大分参っていても、僕達の生活のために会社を辞められないこと。そういう、僕達が知りたいと願う大人の事情ってやつほど、大人達は正直に打ち明けてはくれないこと。

そして、光村先生が、先生という仕事をそんなには好きじゃないこと。お父さんと光村先生は少し似た目をしているから、これ以上の荷物を増やすのは悪いと思ったのが、三ヶ月くらい前のことだ。

以来、水面下で相田達の嫌がらせはつづき、しかもだんだんエスカレートしている。

「ねえ、UFOの写真なんて、どうするつもりなの？」

三沢の心配はごもっともだ。ほんと、一体どうするつもりなんだろう。僕にだってわからない。でも、あまりかっこ悪い返事をするのは嫌だった。

「まあ、どうにかするよ。もう暗くなるし、帰ろう」

「——うん」

三沢が、さっき頬にかかった髪の毛を一房、耳にかける。

相田が三沢に絡んでいる理由が僕には少しわかる。生まれながらの資質もあるのかもしれないけど、三沢はとても強い。人間の芯が、強く、深く地中に突き刺さって根を張り、この星に根ざして暮らしている。こういう根っこは、ある時期にめきめきと伸びるけど、その時期を逃すと、相田みたいに弱い根っこのままで、不安定に上背だけが伸びていくんじゃないかと思う。

沈みかけた夕日の最後の一閃《いっせん》が、三沢のまっすぐに伸びた髪に投げかけられる。ふわりと風に舞う髪の向こうに、まっすぐの眉毛と、宵《よい》の明星みたいに強く光る瞳が覗く。

ＵＦＯが人間の目の前に姿を現してくれるとしたら、三沢みたいなやつが選ばれるんじゃないかと思った。

＊

週末、お母さんに頼んで隣駅の大きな図書館に来た。

「珍しいよね。どんな本を借りるの？」

「天文関係だよ。一時間後に待ち合わせでもいい？」

「そんなに⁉　さては、本を借りるんじゃなくて、マンガでも読むつもりでしょ⁉」

訝しむお母さんを適当にかわして別れ、検索コーナーへと移動する。あらかじめ、めぼしい書籍はピックアップしてきた。書架を特定してぶらぶらとよそ見しながら向かう途中、自習コーナーに見知った顔を見つけてこっそり近づいた。

「おっす！」

「うわ、びっくりしたあ。何、珍しいな、彼方が図書館なんて」

小声で会話を始めた相手は、幼なじみの類人だ。中学受験をするから、僕より先にサッカークラブを辞め、最近は、じいさんのドームハウスに顔を出す回数も減ってきている。

「星の本でも借りにきたわけ？」

「ん〜、星っていうか、未確認飛行物体のほうかな」

類人の顔が、わかりやすく明るくなった。

「僕も息抜きに行くかな」

二人して並んで、お目当ての書架へと向かう。文学の単行本、文庫本、文化人類学、地質学、天文学、地元史、次々と通り過ぎていくうちに、どんどん隅の、窓から離れた薄暗い角へと追いやられていく。

「あった！　ここだろ？」

オカルトと乱暴に括《くく》られたその書架には、妖怪や幽霊、超常現象や超能力の本などが集結しており、何だか節操が感じられなかった。

「で、ＵＦＯの本なんて探してどうするの？」

「まあちょっと、呼んでみようかな、とか思ってさ」

我ながら間抜けな答えで、竹馬の友である類人以外には聞かせられたもんじゃない。

「ふうん。もしかして、また相田とかいうやつになんか言われたとか？」

「いや、別にそういうわけじゃないけど」

「じゃ、三沢さんのため？」

「ちげえし！」

あからさまにからかいの表情になった類人に、軽くタックルをくらわせる。

「あ、これ、この本、召喚術が書いてあるぞ」

「うわ、座禅を組んで呼ぶとかぜったい怪しいだろ。カルトかよ」

言いながらも、類人の取り出した本も読んでみることにして小脇に抱える。

「お、探してたやつもあった！」

僕が取り出したのは、お母さんが唱えていた呪文の考案者であり、有名なコンタクティーでもあるジョージ・ヴァン・タッセルやアダムスキーに関する本だ。

「いいなあ。僕も、もっとじいさんの家に通いたいよ」

見るからに聡明《そうめい》な印象を与える広い額を、類人が手でこすった。疲れている時の癖だ。

「勉強、けっこう詰め込んでるわけ？」

「まあね。正直、塾なんて行かなくても家で参考書読めば全然わかるんだけど、あんまり母親のこと怒らせると、小遣い減らされそうだから仕方なくね」

「うっわ、それ、塾で絶対言うなよ。敵作るから」

「その辺は上手くやるって。それより、彼方のほうがトラブってるだろ？　正直、もっと器用なやつだと思ってたからびっくりしたけど」

僕も類人も、この年にしては、腹黒だと思う。

大人が喜ぶ子供っていうのをちゃんとわかっていて、うまく演じてる。

たとえば僕だったら、勉強の苦手な（これは本当に苦手だけど）空気の読めないバカだけど、元気で素直な子供らしい子供。類人なら、スポーツはちょっと苦手だけど秀才で品行方正な子供。

どうして僕達がこんな風なのかはよくわからない。たぶん、生まれつきの資質ってい
うのも関係しているだろうし、僕達くらいの年齢は多少とも大人の望む演技がはいるも
のだろうから、それを自覚している度合いが強いってだけなのかもしれない。

「関わるつもりはなかったんだけどさ、相田みたいなやつ。まあただ、成り行き上、仕
方なかったっていうか」

「そうだよなあ。三沢さんって可愛いしな」

「別に普通だろう？　可愛いってだけなら、他に可愛い子いるし」

ほんと、三沢は特別に可愛いってタイプじゃない。まあ、いつか類人に見せた三沢の
写真が、たまたまいい感じに写ってただけじゃないか？　そりゃ、何となく目が行くタ
イプで、クラスに何人かファンがいるのも知ってるけどさ。でも、その何人かのファン
も相田とのトラブルを恐れ、みんな表だって騒ぐことはしない。

「これ、使えそうなとこだけコピー取って帰るわ」

「うん。あ、UFO呼ぶとき、せっかくだから三沢さんも誘ってみれば？」

「はあ⁉　あり得ないって」

小さく叫んだ僕を残して、類人がニヤニヤ笑いながら去っていく。

それにしても、一人残されてみると、やはりうらぶれて感じられる一角だ。集められているのが、ほとんどぼろい本のせいだろうか。『未確認飛行物体ＵＦＯの謎』『ＵＦＯと宇宙人の大百科』それに、類人がさっき見つけた『ザ・シフト　コンタクティー達の遺したもの』。『ザ・シフト』には呪文や魔法陣が載っており、そういえばお母さんがＵＦＯを召喚した時も、友達が魔法陣を描いたと言っていたことを思い出して、半信半疑ながらもコピーを取ることにした。今日は大きな天体イベントもないし、夜、さっそく実験してみるつもりだ。

類人と軽く近況報告をし合って、けっこうな枚数をコピーしてから、何気ない顔で待ち合わせ場所の図書館正面入り口へ出た。

お母さんにも相談してみるつもりだけど、少し言い方は考える必要がある。お母さんはその昔、ＵＦＯを見たなんて言ったせいで、親や親戚、それに一部のクラスメイトから嘘つき少女として責められた過去があるらしく、僕がＵＦＯにかぶれて周囲から浮かないか心配で仕方がないのだ。

ましてや、僕がＵＦＯの写真を撮らなくちゃいけない状況に陥ってるなんて知ったら、心痛で卒倒してしまいかねない。

来月のハワイの国立天文台行きを控えて、あまりお母さんを刺激したくはなかった。

お母さんが時間通りにロータリーも兼ねた玄関前へと車を寄せた。手ぶらで乗り込むと、意外そうな顔をされる。

「何にも借りてこなかったの？」

「重いし、返却が面倒だからコピー取ってきた。それよりさ、明日はお父さんが連れてってくれるんだよね、じいさんのところ」

「うん、そうだよ。どうして？」

「別に、ただどうだったっけなと思ってさ」

僕の返答に、お母さんが目を細める。正直、この目をされるのが少し苦手だし、確かお父さんもそんなようなことを言ってた。

お父さんとお母さんは、大学の天文サークルで出会ったってことを、僕は去年まで全然知らなかった。ただ知らないだけなら、お母さん方のおばあちゃんにそう言われた時、「へえ」くらいで済んだかもしれないけど、そうならなかったのは、僕がそれまで嘘を吹き込まれていたせいだ。

「お父さんとお母さんは、友達の紹介で知り合ったのよ」

お母さんからはそんな風に、事実と全く異なる出会いを伝えられていたのだ。なぜそんな嘘をつかなくちゃいけなかったのか最初はまったくわからなかったけど、もしかして天文サークル出身ってことを隠したいんじゃないかとある時気がついて、ようやく腑に落ちた。

そうなったら、話は早い。幸い、うちのおじいちゃんやおばあちゃんは、二人とも孫と話すのが大好きだから、大体の質問にはすらすらと答えてくれた。

その結果、わかったことが色々とあった。

まず、お母さんは子供の頃、隣の家に住んでいた女の子とUFOを見たと言っていじめられたことがある。お父さんは、天文学者の道を志していたけど、もう亡くなった父方のおじいちゃんが事業に失敗して志半ばで大学院を辞め、今の会社に就職した。

特に、二番目の事実を聞いた時、僕は雷に貫かれたような気持ちになった。今まで心の中にバラバラに散らばっていた無意味な断片が、一気に意味を持ってつながった瞬間だった。

なぜお父さんは、あんなに仕事が嫌そうなのか。なぜお母さんは、どこかでお父さんに気を遣っているように見えるのか。

なぜ納戸に入るのを禁じられているのか、というのもその一つだった。

去年のお正月、お母さん方の実家から情報を仕入れて戻った時、僕はこっそりあの禁断の小部屋に忍び込み、お父さんとお母さんの天体望遠鏡を発見した。あの時は、密林の奥地で、古代都市の遺跡と遭遇した人と同じくらいの衝撃を受けたと思う。長いこと手つかずだったらしい天体望遠鏡達は、遺跡さながらのひっそりとした気配を纏《まと》って、静かに箱のまま佇んでいた。

祖父母が言っていたことは、本当だったのだ。

大きな交差点が赤信号になる。ゆっくりと車が減速したのに合わせてさりげなく尋ねた。

「お母さん、お母さんが見たUFOってさ、どんな形だった?」

「ん～、楕円かな? どうして?」

「いや、何型かなと思って。ほら、アダムスキー型以外にも、円筒型とか、ブラックマンタとか、色々種類があるでしょう?」

「――もしかして、今まで図書館でUFOのことを調べていたわけ?」

多分、ここは正直になったほうがいい場面だ。

「まあ、ちょっとね。でも別に誰かに言うわけじゃないからいいでしょ?」

「そりゃまあ、そうだけど。あんまり大っぴらにUFOのこと、誰彼なしに言わないでよ? 小学生だと、まだみんな残酷なところもあるしね。あなたも、友達やクラスメイトには優しく接してよ。四月生まれと三月生まれじゃ、できることだって大分違うし」

くどくどと続きそうになった諸注意を慌てて遮る。

「わかってるって。ね、お母さんはさ、どうして、UFOに選ばれたんだと思う?」

これが最も尋ねたかったことだった。正直、魔法陣や呪文なんて眉唾《まゆつば》だけど、お母さんの何かがスペースピープルの心を捉えたはずなのだ。

信号が青に変わるのを待つ間、お母さんの人差し指がハンドルをとんとんと叩く。

「選ばれたのは私じゃなくて、隣に住んでいたお姉ちゃんだと思う。お母さんは、そのついでって感じだったと思うよ」

「いや、それはないでしょう？　だって、それならわざわざお母さんにもテレパシーで話しかけたりしないと思うよ。隣のお姉ちゃんだけ呼べば済む話だもん」

お母さんがバックミラー越しにこちらを見つめた。さっき細められた時と打って変わって、その目は微かに見開かれている。

「普段ぼうっとしているわりに、彼方って時々妙に鋭いことを言うよね」

「ひっで。でも絶対、何か理由があるはずだと思うんだよ。少なくともＵＦＯのほうには」

力説する僕を危ぶむように、お母さんが尋ねてくる。

「あなたまさか、ＵＦＯを呼ぼうとか思ってないよね」

想定内の質問だ。これについては、もう返事を考えてある。

「思ってるよ。僕だってＵＦＯを見たいに決まってるじゃん」

下手にこそこそと呼ぶより、多分こっちが正解だ。その代わり、止めなさい、とまず顔で制してきたお母さんを安心させる言葉を、計画通りに放った。

「でも、学校とかでは言わないから安心してよ」

なぜか、三沢の髪が頬にかかる瞬間を思い出して焦る。

最近、なんの脈絡もなく三沢のことを考えたり、思い出したり、全然意味がわからない。宇宙が謎だらけなのはもちろんだけど、僕の地上世界も、謎が地層になって滞積しているような場所だと思う。

そういえば、お母さんがどうして頑なに飛行機に乗ろうとしないのか、っていう謎は、おじいちゃんやおばあちゃん達に聞いても、「さあ」と言葉を濁すばかりで、誰も教えてはくれなかった。

ただでさえ謎だらけの世界だっていうのに、僕の世界には意図的に隠された謎が多すぎる。そのことに対する違和感が、不快感みたいなものに変わっているのは、思春期とか反抗期ってやつに僕が突入したせいなんだろうか。

僕は、そんなにガキなのか？

ため息まじりに外の景色を眺めている途中、古びたマンションのベランダに突き出しているパラボラアンテナが目に飛び込んできた。同時に、頭の中にぴりっとした刺激が走る。

うん、このアイデアは行けるかもしれない。

地上のことから逃れるように、意識が全力で宇宙へと向かいはじめた。

＊

翌日、じいさんのドームハウスにやってきた。主にお母さんと来ることが多いから、お父さんとやって来るのは久しぶりだ。

「来たな。さあ、月と土星が大分近い。彼方、すぐに見てみるか？」

「うん。それとさ、パラボラアンテナのことで聞きたいことがあるんだけど」

じいさんだけじゃなく、お父さんもこちらを見下ろした。

「どうしたんだ？　パラボラアンテナに興味を持つなんて」

「だって、格好いいじゃん！」

用意していた子供らしい答えを、じいさんは目をすがめて怪しんでいる。

「というのは嘘で、ＵＦＯに向けてメッセージを発信したいんだよ」

昨日、車の中から衛星放送の受信アンテナを見かけて、ドームハウスの脇にどっしりと佇む巨人の口みたいなパラボラアンテナを使うアイデアが閃《ひらめ》いたのだ。

お父さんやじいさんなら、僕の気持ちをわかってくれるはずだ。思い切って発した声に、二人とも顔を見合わせて困惑している。

昨日、公園の人気のない場所でさっそくＵＦＯを召喚してみたけど、ベントラベントラと念じても、念じても、一向にＵＦＯは現れなかった。

代わりにやってきたのは、こちらをバカにするようにひと鳴きしたカラスだけ。家に帰ったあとも、お母さんがしたように、ベッドの中でずっと呪文を唱えつづけたけど、結局、宇宙からのメッセージなんて来やしない。まあ、予想通りといえば予想通りの結果だったけど。

相田達は、どうせ何を見せても合成写真だなんだといちゃもんをつけて否定するに決まっている。わかっていても、本物の写真を撮ってみたいと思う自分がいた。相田達の鼻を明かすため？ 三沢を守るため？ そうだったら格好いいかもしれないけど、多分、それが全ての理由じゃない。

何てったってＵＦＯだ。問答無用の、人類にしてみたら神に等しい存在だ。

もしＵＦＯが僕に会いに来てくれたら、この謎だらけの日常に風穴が空いて、ほんの少し世界のことが見えやすくなる気がする。

相田達がきっかけではじまったＵＦＯ召喚だけど、気がつけば、僕の中でＵＦＯに遭遇したいという願いは、切実なものに変わっているのだ。

もはやこれは、僕が僕のために宇宙にしかけた、僕自身のための戦いだった。

「なるほど、宇宙に向けたメッセージをな」

顎をさするじいさんの隣で、お父さんが何か言いたげに口元をむずむずとさせていた。お父さんは天文分野には詳しくないことになっているから、下手に知識を活《い》かした助言ができず、しょっちゅう今みたいな顔をしている。

「まあまあ、とにかく家の中に入って話そうじゃないか」

今ではすっかりおなじみになった廊下を突き進んで、左手にあるリビングのドアをくぐる。いつも通りコーヒーの香りが満ちていて、僕にはオレンジジュースが用意されていた。僕の家で飲むより、全然濃くて美味《おい》しいやつだ。

促されてソファに腰掛けると、じいさんが再び尋ねてくる。

「で、なんでまた急に、ＵＦＯにメッセージを送りたいなんて考えたんだ？」

「――そりゃ、単なる興味だよ。お母さんだけＵＦＯに遭遇したなんて、悔しいし」

お母さんにしたのと同じ返事だけど、反応は真逆だった。訝しげな目をしたお母さんと違って、お父さんやじいさんは「そうだよなあ！」と身を乗り出してくる。

「だけど、残念ながら、今すぐメッセージを送りたいなら、念を送るか、地上絵でも描くしかないな」

じいさんが、再びソファの背もたれに身を沈めた。

「え、どうして⁉　もしかして、電波望遠鏡って信号を送れないの⁉」

「そうじゃない。もちろん送れる。だが、信号を送るとして、どこの星に送るつもりだ？　そしてその星は何光年先だ？」

じいさんの問いかけに、「あ」と小さな声が出た。

「信号は光だ。たとえば以前、たった十二・四光年離れた近場の星に、地球文明からのメッセージとして音楽が送られたことがあったが、運良くその星に宇宙人がいて、すぐに返事が送られてきたとしても、発信者が受け取るのは二十四・八年も先のことだ」

お父さんが、なるほど今理解したという態度を装って補足してくれる。

「そういうことですね！　一光年は光が一年で進む距離ってことだから、十二光年離れた場所というのは、光が到達するのに十二年かかる場所ということになる。つまり、返事がくるってことは光の信号が往復するってことだから、十二年の倍の、二十四年以上待たなくちゃいけない計算なんだな」

わざとらしいけど解《わか》りやすい説明を終えたお父さんをよそに、僕は愕然としていた。あんなにワクワクした僕の考えは、ただの知識不足による幼い夢だったのだ。知らないうちにうなだれていたらしい。お父さんとじいさんが、僕の左右からそれぞれ肩を摑んだ。

「トライアンドエラーは大事だ。だけど、これを機にもうちょっと勉強を頑張ってみる気になったんじゃないか？」

「今日は観測を止めて、これまで宇宙人に送られた有名なメッセージを教えようか？」

二人とも、僕の失敗をここぞとばかりに捉えて、自分達の言いたいことばかりを訴えてくる。どうせ反応するなら、もっと勉強しろというお父さんの声よりも、宇宙人に送られた有名なメッセージを知るほうがいいと観念した。

　黙ってじいさんのほうに顔を向けると、にんまりとしてつづけてくれる。

「やはりメッセージとして一番有名なものは、今は崩壊してしまったアレシボ天文台から発せられたものだろうな」

「あ、それ聞いたことある。もう解体が決まっていたのに、そのまえに崩れちゃった天文台でしょ？」

「そうだ。太陽系外惑星を最初に発見した巨大な電波望遠鏡を備えていた。何より、Ｓ《セ》Ｅ《テ》Ｔ《ィ》Ｉの基地だしな。地球外文明から人工的な信号が発信されていないか調査していたんだ。世界中のメンバーが、アレシボ天文台のデータを解析していた。ここのアンテナが送信機も備えていて、アレシボ・メッセージと呼ばれる地球外文明への有名なメッセージを発信したというわけだ」

　じいさんによると、そのメッセージは、地球から二万五千光年離れたヘルクレス座の球状星団Ｍ13に向けて発せられたという。簡単な信号を解読すると、ドット絵のようなシンプルなイラストが現れる仕組みになっているらしい。

　地球外文明に暮らす宇宙人なら、当然、シンプルな信号を解読できるくらいの知能は備えているだろうという推測に基づいてのことだった。

「その絵って、どんな内容だったの？」

信号のアイデアやら、二万五千光年という途方もない距離に半ば呆然としながら尋ねる。

「数字やDNAの螺旋《らせん》構造や人間の姿形、それにいくつかの原子番号なんかだ」

「でもそのメッセージって、まだぜんぜん向こうにまで届いてないんだよね」

「まあ、旅で言うと、ほぼ出発した直後ってイメージだな」

ははは、と乾いた笑いが自分の口から漏れた。ちなみにメッセージの送信先にM13が選ばれた理由は、古い星団であり、もし文明が存在したら地球より高度に発達している可能性が高いと信じられていたからだそうだ。もっとも、研究が進んだ現在では、その可能性が実は低かったこともわかっている。

「つまり、僕達が積極的に宇宙人とコンタクトを取るのは難しいってことだね」

「まあな。それでも、惑星探査機に金属板を搭載したり、信号を発信するというやり方でメッセージは送られ続けているし、本当を言うと、宇宙人は相当数、地球で暮らしているんじゃないかと私は思っている。宇宙人からのものではないと否定しきれない強力な信号が届くこともある」

だんだん、じいさんの瞳の輝きが純度を増していく。こういう時、じいさんのことが少し怖いと思う。

「さて宇宙人、あるいはUFOと手っ取り早くコンタクトを取る方法だけど、お父さんもお母さんのUFO話を聞いてから調べてみたことがあるんだ」

　お父さんがさりげなく割って入って、じいさんの話の腰を折った。じいさんは不満気だったけど、少しほっとする。

「現段階ではやっぱりオカルトやスピリチュアル的なものしか発表されていないみたいだな。ベンチャー企業によって、自分の写真やDNA情報なんかを太陽系の外に飛ばすというプロジェクトはあったりしたけど」

「そう――」

「まあ、そうしょげるな。これを機会に勉強してだな、彼方も、宇宙人とコンタクトを取るベンチャー企業を起ち上げることだってできるかもしれないし」

　オカルトとかスピリチュアルという言葉を聞いて、図書館の隅に追いやられていた薄暗い一角が脳裏に浮かぶ。お母さんの経験はあんなにも鮮やかで光に彩られて聞こえたのに、やはり世間の捉え方としては街の図書館のようなものが一般的なんだろう。

「僕、ちょっと外に出て星を見てくるよ」

肩を落として告げると、二人とも、その気持ちは通過済みだというしたり顔で頷き返してきた。

　ドームハウスの隣には、例の巨人の大口が空に向かって開かれている。

「ベントラ、ベントラ、スペースピープル」

小さく呟いてみたけど、嘆き混じりの声を拾い上げてくれる宇宙人はいなそうだった。

＊

それから数日間、来る日も来る日も、僕は「ベントラ、ベントラ、スペースピープル！」と暇さえあれば脳内で唱えつづけた。頼みのパラボラアンテナが使えないことが判明したのだから、もうこれしか方法がない。

「返事くらいしてよ」

よくお母さんに言われているような台詞が、知らずに口からこぼれる。

もうすぐ辞める予定のサッカークラブで流し気味に練習を終えたあと、駅から家までの道のりを空を見上げながら歩いた。夏至を過ぎて徐々に日は短くなっているはずだけど、まだ空は青いまま。アスファルトからは昼間に蓄えた熱が放出されつづけていて、ただ歩いているだけでも汗がこめかみを伝う。

喉が渇いて、いつもの道を一本裏に入った。人通りの少ない細い道に、なぜか自販機が備え付けられていて、なんと全部百円。しかも当たりつきの貴重なタイプで、知る人ぞ知る人気マシンだ。貴重な小遣いから百円を投入してサイダーを選び、当たれ、当たれ、と念じたけど、当たりランプの点滅はサイダーを素通りして行った。

大人しく、百円サイダーを一本、ごくごくと飲み干す。

「ぷはあ」

ビールのCMを真似《まね》して息を吐いた時だった。数軒先の家から、大きな怒鳴り声が響いてきた。

「ばかやろう！」

つづいて、裏口からだろうか。子供が一人、ダンゴムシみたいに体を丸めて転がり出てくる。咄嗟に駆け寄ろうとしてはっと息を詰め、逆に自販機の影に隠れた。

「てめえの養育費にいくらかかるか知ってんのかよ！　ゲームが欲しいだあ⁉　ふざけんな！」

「金ならあるだろ⁉　パチンコの金、こっちに回せよ！」

やっぱり、だ。僕は、さっきの子供を知っている。この声の主は、いつもは同級生をダンゴムシみたいに丸めて遊んでいる相田に間違いなかった。

そっと自販機の陰から顔を覗かせると、拳を振り上げた大人が相田めがけて飛び出してくるところだった。

相田が立ち上がって逃走する寸前、さっとこちらを振り返る。隠れようとしたけど間に合わず、吊り上がった目を見開く様子が、ハイスピードカメラの映像みたいにゆっくりと網膜に届いた。おそらく僕と目があったせいで微かにスピードが鈍ったのだろう。

相田は怒鳴り声とともに男につかまり、派手に殴られて吹っ飛ぶ。

やめろ！

あまりの衝撃で喉がカラカラになり、ただ脳内で叫んだだけになってしまった。

相田のことが好きなわけでも、クラスメイトとしての連帯感があるわけでもない。どちらかというと、ムカつく嫌なやつだ。ただ、これは違う。こういう相田の姿を見たかったわけじゃない。

覚悟を決めて飛びだしたけど、もう相田は立ち上がり、遠くへ駆けていくところだった。

男――おそらく相田の父親が、僕を見てぺっと唾を吐き、家の中へと戻っていく。

そうか、ここは店舗兼相田の自宅だ。スーパー相田の裏口じゃないか。

小規模ながらも存在する駅前の商店街は、比較的新しい建物が多い。そんな中で、先々代からここで商売をしているというスーパー相田の建物は、多分、実際以上に年季が入って見える。

裏通りの先までじっと目をこらした。相田の姿はいつの間にか暮れなずんだ空の下、視界の先の闇に溶けて見えなくなっていた。

＊

翌日、学校の図書室に行こうと教室を出た僕に、三沢が近づいてきた。

「ねえ、UFOのこと大丈夫？　細川君達、あれから何か言ってきた？」

「別に。相変わらずバカの一つ覚えみたいな台詞しか言ってこないから平気だよ。そもそも、UFOの写真を撮れたからって、あいつらに絡まれるのは一緒だろうし」

相田も学校には来てるけど、朝の会が終わってすぐに姿を消してしまった。昨日の今日で、どういう顔をすればいいのかずっと悩んでたのに、結局、一度も面と向かって話す機会はなくて、何だか胸が重い。

「ごめん、相田がしつこくて。信じないかもだけど、幼稚園の頃は、すごい優しかったんだけどね」

自分の身内みたいに謝ってくる三沢に驚かされた。

「そんなに小さい頃から知り合いなんだ？」

「う〜ん、まあね。お母さん同士が仲良くて、幼なじみだったから。父親もほら、スーパー相田で働いてたし」

「それじゃ、あいつの家のこと――」

尋ねかけて口を噤んだ。おそらく三沢は色々と知っているんだろうけど、家のことを根掘り葉掘り本人以外に聞くのは違う気がする。

僕の気持ちを見透かしたみたいに、三沢がふうっとため息を吐《つ》いた。

「ああやって拗ねる気持ちはわかるんだけど、大変なのってあいつだけじゃないし」

「大変、なんだ」

三沢が少し立ち止まってこちらを見る。僕より身長が少し高いせいで、ほんの少しだけ三沢の視線が下がる。

「うん。昨日も少し、おじさん——お父さんと喧嘩しちゃったみたいでね。何年かぶりに、うちに来てた。私はずっと部屋にいたけど」

「そんなに親しいの⁉」

「私とあいつはもう全然だけど、お母さんは放っておけなかったみたい。怒鳴り声、近所中に響いてたし」

自分もその場にいたとは何となく言いそびれて、僕はだまって頷いた。

「あいつのお母さん、出ていっちゃってもういないし」

相田は、あの乱暴な父親と二人暮らしなんだろうか。だとしたら、想像以上に質量の大きい現実だ。そんな中でも、相田が家の他に居場所を持っていた事実に、ほっとする。

それが三沢の家だったというのは、なぜだか妙に胸が捩《よじ》れるんだけど。

「あいつに対して強く言わないのって、お父さんが相田の家に勤めてるせいじゃなかったんだな」

「だって、うちのお父さん、もうとっくに辞めてタクシーの運転手してるし」

「え、そうだったの⁉」

「うん。それと、学校で無茶なことしないように、私もそれとなくお母さんに言って、あいつに釘を刺してもらったから」

「そう、なんだ」

間の抜けた相づちを打ったあとは、会話もなく、ただ夕焼けに照らされて歩く。

「それじゃ、私こっちだから」

手を振って三沢が去っていく。その後ろ姿を眺めながら、少し気が抜けてしまった。

そんなつもりはないと否定してみせても、どこかで僕は、三沢を守るヒーローを気取っていたのかもしれない。でも元々、三沢は助けなんて必要としていなかったのだ。

助けがいらないなんて、いいことじゃないか。素晴らしいことじゃないか。

それでも何だか馬鹿らしくなって、この世界がクリアにその全貌を見せることなんて永遠にないのかもしれないと悲観的な気持ちになる。

「UFOなんて、もう撮る必要なくね？」

呟いてはみたけど、これは僕自身と宇宙の戦いだったことを思い出す。

そうだ、相田達も三沢も関係ない。僕は、僕の戦いをまっとうする。

街の図書館より蔵書が充実しているはずもないと思いながらも、一縷《いちる》の望みをかけて、学校の図書室へと足を運んだ。借りる人が多いのか、UFOに関する本は街の図書館ほど隅に追いやられてはいない。

図書室には、子供向けにしては背の高い書架が、入り口から見て縦一列に並んでいた。UFO関連の本は、ちょうど真ん中ほどの一列の窓際にあるらしい。近づいていくと、目当ての書架の前で、見知ったやつが座り込んで熱心に本をめくっている。相田だ。珍しく一人だった。

なんて声を掛ければいいのか、そもそも声を掛けるべきかどうかもわからなくて、ぎくしゃくと近づいたあと、無言のままUFO関連の本を見繕いはじめる。しばらくすると、背後から、がさごそと立ち上がる音がした。

「別に、UFOなんてどうせいないってこと、確かめてただけだから」

「うん」

短い返答の中に、相田への余計な気遣いとか、同情とか、そういう失礼なものが無意識に滲んだんじゃないかと勝手に焦って、多分そのせいで、僕の存在する世界は、ほんの少し時空が歪んだんじゃないかと思う。だって、そうでもなかったら、なぜ僕は今こんなことをやつに告げようとしているんだ?

疑問に思いながらも、言葉が勝手に口から飛び出していく。

「あのさ。本をいくらめくったって、いるかいないか、わからないだろ。よかったら、一緒に呼びにいかねえ？」

僕は、相田に背を向けたまま。だって、こんな焦った顔を相田に見せるわけにはいかない。だから今、相田がどんな顔をしているかはわからない。ついでに言うと、最後が少し乱暴な言い方になったわけも、三沢を見るときれいな夕焼けを見たときと同じ気持ちになるわけも、まったくもってわからない。

相田が、さらに謎を一つ加えてくれた。

「行っても、いいけど」

なんでOKなわけ⁉

知らずに振り向くと、頭ひとつ背丈の違う相田を見上げる形になった。こいつは宇宙にほんの少し僕より近いのかと思うと、正直、いい気分じゃない。

間抜けに口を開いたまま、相田なんかと見つめ合ってしまった。

「いつ、どこに行けばいいんだよ」

「あ、ええと、天気とか月の満ち欠けとかあるから、タイミングは改めて連絡する。場所は、マチイ運動公園わかるだろう？　あの入り口とか」

「わかった」

憮然《ぶぜん》とした表情のまま、相田が頷いて去って行こうとする。

「あのさ、なんで来るわけ？」

振り向いた相田の顔は、少し怒っているみたいだった。

「そっちこそ、なんで誘ったわけ？」

「いや、それは、わかんないけど」

「――だよな」

相田は、少し表情を緩めると、今度こそ立ち去っていく。何が起きたのかわけがわからないまま、つられていつもより大きく一歩踏み出す。相田の影はこちらじゃなく向こう側に長く伸びていて、大きめの一歩でも捉えることはできなかった。


その夜、最近では半ば日課になりつつある、ベランダでのＵＦＯ召喚にいそしんでいると、お父さんが合流してきた。

「頑張ってるなあ。どうだ、来そうな感じはあるか？」

「うーん、みじんも来そうにない」

破顔したあと、お父さんが頷く。

「そんなに簡単に遭えないからやりがいがあるんだ。頑張れ」

「今日は仕事、早く終わったの？」

「ああ、まあ終わってはないけどさ。実は今日から、早く帰るようにしたんだ」

「え、どうして？」

お父さんは少し黙ったあと、頭を掻《か》いてみせた。

「ちょっと前にさ、会社ってつまんない場所かってお父さんに聞いただろ？」

確かに聞いた。毎日、疲れ切った様子で帰ってくるお父さんが、可哀相に見えたのと同時に、何だか腹立たしかったのだ。まあ、じいさんのところで星を見たり、宇宙の話をしている時のお父さんはちょっと格好いいなと思うけど。

「それでさ、少しお父さんも考えてみたんだ。正直に言うと、お父さん、今の仕事があんまり好きじゃない。このままじゃ良くないかも、仕事を選ぶ時に間違えたかもって思っている。だから、これから仕事を変えるかもしれない」

「そうなの⁉」

お父さんは、この先も仕事をずっと変えずに、定年になるまで嫌な顔をして会社から帰ってくるんだと思い込んでいたから、素《す》っ頓狂《とんきょう》な声が出た。

「実はさ、彼方はもう気がついてるかもしれないけど、お父さん、天文関係の仕事につきたかったんだ。大学院でブラックホールの研究をしていたし、お母さんと出会ったのも、大学の天文サークルだった」

「――そっか。うん、ばあばから聞いてたよ。でも、お父さんの実家の会社が倒産して、大学を辞めなくちゃいけなくなったんでしょう？」

こう意表を突かれると演技なんてできなくて、正直に告げた。

「はは、そうか。お義母さんからそんな話まで聞いたのか――嘘ついててごめんな」

「でも、どうして隠してたの？」

お父さんは、少し黙ったあと、望遠鏡の筒にそっと触れた。

「家の都合で天文の研究を諦めなくちゃいけなくなって、お父さん、ずっと捻《ひね》くれてたんだな。星のことを考えたりするのも辛《つら》くてなあ。それで、仕事も全然関係ないものを選んだ」

「そのこと、後悔してる?」

尋ねる声が掠《かす》れる。生ぬるい風が汗ばんだ体に触れ、お父さんの答えを待たずに通り過ぎていく。風はそれきり止んで、少し重苦しい時間がつづいたあと、お父さんがようやく口を開いた。

「したよ。何度もした。でも、お父さんみたいに一度間違えても、間違えること自体は当たり前のことなんだ。その後、どういう選択をして、どういう人生を歩んでいくのかっていうのは、誰のせいでもなく、自分自身の力だと思う。だから、背中を見て育てなんて偉そうなことは言えないけど——この先のお父さんを、ちょっとは見ていてほしいかな」

「そっか。うん、わかった。僕、見てるよ」

頷きながら、今までの弱気なお父さんを知っているから、少し心配になる。

「でも、次また失敗したらどうする?」

また、嫌な顔をして家に帰ってくる? 僕たちのために会社は辞められないって、凄く辛そうにする？

お父さんはもう一度頭を掻いて、すっきりと笑った。

「そしたら、もう一度、頑張るよ。もちろん、彼方やお母さんが困るような頑張り方はしないから、そこは心配しなくていい。あ、ちなみにな、この前失敗したサッカークラブ退会の件、今度こそ、お母さんがちゃんと納得してくれたぞ」

この変化は、一体、どうしたことだろう。お父さんとお母さんの間で、何かが起きたんだろうか。僕の疑問が表情に表れたのかもしれない。お父さんは、こちらを見ていた目をふいと逸らした。

「このままじゃ、お母さんや彼方に嫌われちゃうからさ。頑張らないと。あ、でも、お母さんにはまだ内緒だぞ。心配するだろうし、もうちょっと色々とはっきりしてから伝える」

「うん、わかった」

頷きながら思う。お母さんがお父さんを嫌ったりすることもあるんだろうか。まあ、離婚っていう制度があるくらいだから、そういうことも起きうるんだろう。

たとえば、相田の家みたいに。

お父さんが大きな秘密を打ち明けたのと交換に、僕もひとつ秘密を差し出した。

「じつは僕、ちょっと学校で面倒なやつに絡まれててさ。売り言葉に買い言葉っていう感じで、UFOの写真を撮って見せるなんて言っちゃって」

「そうなのか?」

お父さんの声が、急にぴんと張り詰めた。どういうルートでか、何か聞いたのかなと思ったけど、一旦、勢いのついた口は止まらない。

「うん。でも、ほかのやつからそいつの家、けっこう大変だって聞かされて。だからってわけじゃないけど、そいつのこと、天体観測に誘っちゃった」

お父さんが、再びこちらを見下ろす。驚いてるみたいな、それともちょっと笑ってるみたいな、変な顔をしていた。

「それで、その子は来るって?」

「うん、なんでか知らないけど、来るって。普通、絡んでる相手に誘われて来るかよって話なんだけど。まあ僕もなんで誘ったんだか謎すぎだし。多分お互い、なんで約束したんだかわけわかんなくて」

わけのわからないことを話すと、ますます、わけがわからなくなることを学んだ。

「そうか」

お父さんは、今度はくっきりと笑って、僕の頭をくしゃりと撫でた。

＊

夏休みを間近に控えた蒸し暑い放課後、待ち望んでいた日がやってきた。ついに、サッカークラブを辞めるお許しが、お母さんから下りたのだ。

クラブ最寄りの喫茶店で退会届を記入している僕の頭頂部めがけて、まだ諦めきれないらしいお母さんが盛大なため息を噴射してきた。

「だって、僕やっぱりサッカーにもう興味ないし」

「せっかくつづけてきたのになあ。下手でもいいじゃないの。男の子は体を動かしてなんぼじゃないの。やりたいって言ったの自分だしさ、ちょっとやって飽きたからって――」

「はい、ストップ！　そのことはもう、お父さんと話したんでしょ？」

お母さんはまだもごもごと口元を動かしていたけど、無理矢理まずい食べ物を飲み込んだような顔で黙った――のはたった五秒間のことだった。

「あのね、これはお母さんの考えすぎかもしれないんだけど。これから生きていく上でね、自分の思った通りにならないことや、嫌な気分がつづくような時期だってあると思うんだよね。そういう時に、頭ばかり使うよりも、体をつかって頭をからっぽにすることで救われることって沢山あると思うの。だから、彼方には、そういう手段を身につけておいてほしいなって」

お父さんは、お母さんがちゃんと納得したなんて言ってくれたけど、どうやら希望的観測だったらしい。お母さんはまだ、僕がサッカークラブを辞めることに反対なのだ。ただ、なぜそんなに反対なのかを聞くのは初めてのことだった。

少しためらったけど、感じたことをそのまま伝える。

「それって、お父さんのことを見て言ってる？」

「まあね」

ミルクティーを一口啜ったあと、お母さんが窓の外に目を遣った。ちょうど、早めに仕事を終えた大人達がぞろぞろと住宅街のほうへ向かって帰っていく時間帯だ。

「こんなこと、彼方に言っていいかどうかわからないけど、お父さんって悩むと内にこもって頭ばっかり使ってるでしょう？　あれって行き詰まっちゃうよねえと思って。ね、だから彼方もサッカークラブはこのまま――」

「じゃあさ、僕達がお父さんといっしょに体を動かせばいいんじゃないの？」

意外な提案だったのか、お母さんの顔がマンガみたいに、頭上にはてなマークを浮かべたまま止まる。

「家族全員ってこと？」

「そうそう」

僕のもくろみ通り、お母さんの頭は、サッカークラブ退会から離れたらしい。

「何をしたらいいかはこれから考えるとしてさ。ってことで、僕、これを今から提出してくるね」

「あ、ちょっと！」

慌てて立ち上がったお母さんに、記入が終わった退会届をひらひらと振って店を出る。今日であの苦行に終止符を打てると思うと、横断歩道を渡る両足が、月面を踏むみたいに軽やかに進んでいく。

僕は地上でボールを蹴るより、天上のボール達を眺めているほうが好きなんだ。

クラブの受付で、意気揚々と退会届を差し出すと、顔馴染みだった事務員さんやコーチからは形式的に引き留められたけど、そう熱心ではなかった。どうせベンチだったし、まあ、こんなものだろう。

さらに体が軽くなって、クラブハウスを出て見上げた空はきれいな薄桃色で、浮かれた心はそのまま大気圏の向こうまで昇っていけそうな気がする。

「こういう気分の時なら、UFOにメッセージが届くかも」

調子に乗って、例の呪文を唱えてしまった。

再び来た道を戻って喫茶店の中に入ると、お母さんが呆れ顔をして、さっきと同じテーブルで待っていた。席に向かう途中、無意識に頭を掻いていて、自分がお父さんと同じ癖を持っていたことを知る。

「まったくもう、私の気を逸らして退会しちゃうなんて」

口は尖っているけど、そんなに怒ってはいないらしい。少しほっとして、さっきの話の続きをはじめた。

「でも、家族で体を動かせばいいと思ったのは本当だよ。例えば、ランニングとかウォーキングとか。じいさんの家まで、車を止めて歩いていってもいいし」

「うわあ、あの山の上まで歩くのかあ」

「かなり頭の中がからっぽになると思うんだけど」

「そうね、歩いたり走ったりしてみるの、いいかもしれない」

お母さんは頷いたあと、目を細めてみせた。

「彼方さ、お父さんから聞いたんだけど、将来は宇宙飛行士になりたいんだって?」

「え？　ああ、うん。宇宙飛行士は一例だけど、宇宙に行ける仕事はしたいと思ってる。ほら、僕が大人になる頃は、宇宙飛行士だけが宇宙に行く時代じゃなくなってそうだし」

答えたあと、少し構えてお母さんの出方を待った。

「そうね。でも一つだけ、時代が進んでも、そうそう変わらないことがあると思うよ」

嫌な予感がするのに、興味をそそる持っていき方で僕を上手いこと会話に釣り込む。よせばいいのに、答えが何か気になって、うっかり聞いてしまった。

「なに、変わらないことって」

「宇宙に関わりたい人は、たっくさん勉強しなくちゃいけないってこと！　サッカークラブを辞めたんだから時間ができるよね。その時間で類人君と同じ塾に通ってみるっていうのはどう？　もちろん成績が全然違うから、クラスが別になっちゃうかもしれないけどさ」

「はは、ええと、考えておくよ」

お母さんが、もう一度目を細める前に慌てて席を立つ。

「ところでお母さんさ、ウォーキングするなら、スポーツシューズも揃えないとね」

「ああ、それはいいね。彼方もまた足が大きくなったみたいだし、お父さんといっしょに買っちゃえば？」

「いやいや、それよりお母さんのでしょ？」

自分だってスニーカーなんて持っていないくせに、僕達のことばかり。

「ええ⁉　お母さんはいいよ。昔のぼろいやつがあるから」

「ダメだって。お母さんは自分のかっこいいスニーカーを買ってよ。僕は普段履いてるスニーカーがあるし、お父さんだって、前に少し運動するって言ったまま、靴箱の中で眠ってるスニーカーがあったでしょ？」

「はいはい。おお、こわ」

それは、お母さんでしょ！　と言いたいのをぐっと堪《こら》えて、ようやく喫茶店を出て家路をたどった。

働く人達の波の中で揺れる小舟みたいに、UFOやら星やらに気持ちを奪われている僕達親子の歩みは儚い。今すぐにでも波に飲まれて、何もかも見失ってしまいそうだ。きっとお父さんは、仕事を決めた時にこういう波に飲まれたんだな、と思う。きれいな夕空も、夜の藍《あい》に丸飲みされようとしている。太陽から月へと空の覇権が移っていく。

僕達にとって美しく冴えた星の光は、天文の夢を諦めたお父さんの目には、どれほど冷たく、鋭く尖って映っただろう。

「あのさ、人生って、自分のものだよね。家族とか、他の人のためじゃなく。お父さんの人生も、お父さんのものだよね」

「もちろん」

お母さんは何かを考えるような顔になったあと、柔らかく笑って僕を見下ろした。

「でも、お父さんやお母さんが家族のために費やしてきた時間を、犠牲だとは思わないで。それは、間違いなく幸せなんだよ。お父さんの場合、ちょっと幸せには見えづらいかもしれないけどね。いつか、彼方にもわかる時がくるよ、家族が普通に生活できることの幸せ。だから、お父さんに悪いなんて思わなくていいんだからね」

言いながら、お母さんがはっと目を見開いた。

「わかった！　お母さんがＵＦＯに選ばれた理由」

「え、ほんと⁉」

「うん、多分ね、お母さんってすごく普通だったんじゃないかな？」

身を乗り出して聞いたのに、よくわからない答えで力が抜けてしまった。普通という理由で選ばれるなら、僕だって格好の相手だと思う。

「ＵＦＯに会いたいと思う人間って、やっぱりどこかとんがっている人が多かったと思う。誰とは言わないけど詐欺師みたいな人とか、怪しげな宗教家とかね。宇宙人達もさぞうんざりしたと思うんだよね。またこの手合いか、なんて。利用されていい気分がしないのは、地球人だけじゃなくて宇宙人だっていっしょだと思うし」

「うん、そう、かな？」

帰宅する人々の波のはざま、生活の海に身を委ねながらも、お母さんと僕の思考は、空を漂っている。

「でもお母さんはさ、隣に住んでいたお姉ちゃんに強く誘われただけで、そうじゃなければ一生ＵＦＯを呼ぼうなんて思うことなかったし、本当に平凡な少女だったの。勉強も平均、顔も平均、背も平均。気が強くも弱くもなく、明るくも根暗でもなくって具合でね」

「それに、他のコンタクティーみたいにＵＦＯを利用しようっていう野心もなかったし？」

「そういうこと。だから、コンタクトを取る地球人のサンプルとしては、すごく適任だったんじゃないかな。それに引き換え栞ちゃんは、とっても目を引く美少女だったけどね」

お母さんにつられて、星空を見上げる。

「その子は、どうして選ばれたんだと思う？」

「だって、栞ちゃんは切実だったもの。切実でピュアな想いって、人同士でも伝わりやすいでしょう？　だから、宇宙人にも届いたんだと思う」

流れ星が、ほんの一瞬、空をよぎる。

それが、ＩＳＳなのか、あるいはどこかの国の衛星なのか、それとも隕石だったのか、肉眼ではわからない。

「お母さんが大学で天文サークルに入ったのって、その栞ちゃんって子とＵＦＯを見たのがきっかけ？」

「というより、栞ちゃんがＵＦＯに乗って旅立ったのがきっかけ、かな。空を覗いていれば、栞ちゃんの乗っているＵＦＯがさ、いつかレンズを横切るかもしれないでしょう」

こんな親子の会話を相田が聞いたら、多分、ドン引きするだろう。大抵のことには耐性がありそうな三沢だって、さすがに僕達の精神状態を危ぶむかもしれない。

「お父さんにはもう言ったんだけどさ。クラスで僕によく絡んでくるやつのこと、天体観測に誘ったんだ。だから今度、じいさんの家に行く時、いっしょに連れてってよ。公園の入り口で待ち合わせてるんだ」

お母さんは、ここは地上だったと久しぶりに思い出したような顔で僕を見下ろし、慌てて何度も頷いた。

「もちろんだよ、いいよ。あ、相手の親御さんにご挨拶しなくちゃだから、連絡先だけ教えてよ」

「それならすぐわかるって。スーパー相田の子だよ」

「――そう、あそこの子なの」

微かに空いた間にどんな意味が込められているのか、深く探ることはしなかった。ただ今は、少し蒸す風の中、星々が輝きはじめた空を眺めていたかった。

＊

一週間後、ドームハウスを訪れるタイミングがやってきた。

ここのところ火星が地球に接近していて、観測に適した新月になるのを待っていたのだ。

今夜は相田も一緒だ。お母さんが予《あらかじ》め、やつの家に電話で話してくれて、夜の外出はけっこうすんなり認められたらしい。ただ、迎えは、公園の入り口じゃなく、やつの家の前になった。

「ええと、確かこの先の道は一方通行なのよね」

直進すれば相田が二階に住むスーパー相田の正面だけど、車は直前の曲がり角を左に逸れて、この間、僕がジュースを買った裏道に入った。

新月の今日、類人も事の顚末《てんまつ》を見届けに来たがっていたけど、あいにく月一で行われる塾のテストの日らしく、泣く泣く諦めることにするとメッセージが来た。

「あ、あいつ、もう外で待ってる」

街灯の下、相田だけがぽつんと僕達を待っていた。普段、教室で見るのとは少し印象が違っていて、なんていうか、いじめるよりいじめられていると言われるほうがしっくり来るような、寄る辺ない様子をしている。

まさかと思って目をこすったあと再び見ると、やはりいつもの不貞不貞《ふてぶて》しい相田に戻っていた。その方がホッとするなんて、少しおかしいだろうか。

車が停止するのを待って助手席から降り、相田に声を掛けた。

「そっちのドアから後ろに乗って」

言いながら、僕も助手席の後ろの席へと移る。相田は沈黙したまま、言われた通りにした。

類人じゃなく、相田なんかと後部座席に並んで座るのは落ちつかなくて、少し尻がもぞもぞとする。普段こうして話すことなんてないから、適当な話題も思いつかない。相田は相田で、うちの親に挨拶の一つでもすればいいのに、「どうも」とか舐《な》めた一言を吐いただけで、そのままだんまりを決め込んでしまった。

「相田君は、何か部活はやってるの？」

お母さんが気を遣ったのか明るい声で尋ねた。

「俺、帰宅部」

「そう。それじゃ、学校の外のクラブチームや活動なんかは？」

「そういうの、たるいし」

バックミラー越しにお母さんと目が合う。少し癖があるやつだよ、とは告げておいたけど、やっぱり面食らっていた。それでも言葉に詰まったのは一瞬で、すぐに目を細めて前方を見据えだした。

相田を相手に、一体、お母さんは何を企《たくら》んでいるんだろう。相田のやつ気の毒に、なんて一瞬、お門違いに同情してしまう。

車はいつの間にか、伊丹邸の門に向かう坂道を上っている。門扉に近づくにしたがって、お母さんの口元が微かに吊《つ》り上げられた。

「部活をやってないんだったら、おばさんも彼方もラッキーだわ。もし天体観測が気に入ったら、これからたっぷり一緒に空を見る時間があるのね」

隣で、今度は相田のほうがぎょっとしたのが、どうしてか伝わってくる。

車が停止するかしないかのタイミングで、門扉が内側に向かって自動で開いていった。僕達にとってはすでに日常風景だけれど、初めての相田はやはり驚いていたし、ドームハウスに到着すると、呆気《あっけ》にとられて建物を見上げた。

「ここの家主って、一体何者?」

「う~ん、ちょっと変わった人。僕とか友達はじいさんって呼んでる。宇宙人とか宇宙の文明を探す研究をしてるんだ」

「おまえ、そんな変人とも付き合いあるわけ?」

相田は、教室から離れても相変わらず口が悪い。これは案外、じいさんと気が合うかもしれない。

じいさんが、玄関先に現れ、挨拶もそこそこに僕達を中へと促した。相田は小さく頭を下げただけだったし、じいさんはじいさんで、小猿が一匹増えたくらいの反応しかなかった。

ちなみに、相田については予め電話で伝えてある。二人でUFOを呼ぶ予定だと言うと、じいさんは「ふん」と答えただけだった。

「それで、UFOを見たいんだって？」

半円形の居間のソファに腰掛けるや否や、じいさんが相田に尋ねる。

オレンジジュースに手を伸ばしかけていた相田の手が止まる。自分に絡んでいた奴が戸惑う顔を眺めるのは、なかなか愉快な気分だった。

「いや、俺は別に。ただこい——井上がUFOや宇宙人がいてもおかしくないっていうから、それなら見せてほしいと思っただけで」

「やだ、相田君。早くも天文の世界に興味津々じゃない。ね、伊丹さん、なかなか有望な子だと思いませんか？」

じいさんは、お母さんの言葉に抗議でもするように片眉を上げて応える。

「UFOが、ふらっとやってきてすぐに出遭えるような相手なら、SETIなど存在しない。君は世界でどれだけの学者が、血眼で宇宙人の痕跡を追い求めていると思っているんだ？」

「だから、学者がUFOなんて本気で探すわけないじゃないですか」

「ふん、素人はこれだから困る」

そんなところから話さなくちゃいけないのか、という表情をしているけど、じいさんの口調には抑えきれない喜びが滲んでいる。基本的にこの人は、SETIの話をしたくてたまらないのだ。

僕とお母さんは密《ひそ》かに顔を見合わせて頷き合った。じいさんのSETI講釈が始まる前に、相田を人身御供《ひとみごくう》にして逃げようという合図だ。

「そもそも、SETIというのは何の略か知っているか、ええと何君だったかな？」

「相田です」

「そうか、相田君。さあ、よく考えてみたまえ」

いつものようにメモ帳を取り出して、さらさらとメモをとりながらじいさんが再び問いかける。

罠にがっちりと足を捕えられた相田をその場に残し、まずは僕がそっと席を立ち、声をかけられる前に、ベランダへとつづく階段をダッシュで上り切った。

いつも通り僕とお母さんのために二台の望遠鏡が用意されており、ふうと軽く息をついてから、階下の話し声に耳を澄ます。

「それじゃ、宇宙のどっかに宇宙人が建てた建築物があるかもって本気で信じてるわけ？」

「その通りだ。逆に君が信じられないわけはなんだ？」

やってるやってる。

にんまりとしながら、ピントを調整するために望遠鏡に手をかける。

火星と地球がこんなにも接近する機会は、今を逃すと二年以上あとで、その頃僕は中学生になっている。今のところ、相田にも三沢にも身長では後れを取っているけど、その頃なら三沢を追い抜いていたり——少なくとも可能性はゼロじゃない。

階段を上る足音につづいて、お母さんの声がした。

「相田君、一人にしてきちゃった。伊丹さんのこと、宇宙人を見るみたいな顔して話を聞いてるわよ」

あまりにも思惑通りの展開で、大声で笑いそうになるのを必死でこらえた。でも、あの人の話をこれから延々聞かされるのは少し気の毒だ。クラスメイトのよしみで、頃合いを見て助けに行かなくちゃいけない。

「でもまあ、伊丹さんからSETIの話を聞いたら、自分の要求がいかに無茶だったかってことがわかるでしょうね」

「やっぱりお母さん、相田とのことを心配してた？　類人のお母さんから聞いたとか？」

お母さんはお母さんで手早く望遠鏡のピント調整を行いながら「まあねえ」と頷く。

相田の家の事情をお母さんに話そうかどうか迷ったけど、迷って止めた。三沢から聞いてしまった話は何だかずしりと重くて、心の中での抱え心地も良くなかったけど、僕が相田だったら絶対に誰かに話してほしくないし、あいつにしてみたら、本当は僕が知っていることだってすごく不本意だと思うから。

「でもさ、今日、彼と実際に話せて安心したとこはあるかな」

「え、あの会話で⁉」

「うん。本当に怖い人って、周囲の人にはいい顔をしてみせるものだよ。それは子供でも同じだと思う」

僕と会話しながらも手早くピント調整を終えたらしいお母さんが「よし」とレンズから顔を上げてこちらを見下ろす。

「たとえば私といっしょにUFOを見た栞ちゃんの両親なんて、まさに典型。でも相田君は、ストレートに捻くれてるものね。絡んでは来るけど、それ以上のことはしてこないでしょう？　それに、何だかんだで伊丹さんの話に目を輝かせちゃってるし」

「そっか。やっぱりあいつもUFOとか嫌いじゃないんだ」

そうじゃなかったら、放課後、わざわざ図書室でUFO関連の本を捲《めく》っていたりしない。それなのに、なぜあんなに僕に突っかかったりしたんだろう。

ちょうど、火星にピントが合った。赤茶けた球体の両極に存在する白い凍土がしっかりと確認できる。表出する岩石に含まれた酸化鉄はこの星に赤味を与え、成分や地形の加減で、ところどころに黒い模様も入る。赤と黒の組み合わせのせいか、昔見た火星人が襲来する映画の影響か、どことなく好戦的な印象を受けた。実際、西洋では、火星は戦いの神の象徴でもあるという。

「さすが大接近ね。極冠がよく見える。でも白が大分薄いから、あちらは今、夏みたいね」

極冠というのは、火星の南極と北極に被さっている雪のことで、季節によって、大きく濃くなったり、小さく薄くなったりする。お母さんの声には、素直な興奮が滲んでいた。

いっしょに伊丹邸を訪れるようになった当初、お母さんは少し戸惑っているような、どこか後ろめたそうな様子だった。よく事情はわからないけど、多分、お父さんに遠慮していたんだと思う。

でも、今は大分、遠慮の色が薄くなった。何がきっかけかはわからないけど、天体観測を少なくとも楽しんでいるのがわかる。

「ねえ、お母さん。僕さ、探査機が撮った火星の夜明けの写真とか見たんだけどさ。なんていうか、少しがっかりしたって言ったら驚く？」

お母さんはこちらを見下ろしてくすりと笑った。

「ううん、わかる気がする。何だかすごく普通なんだよね、火星の朝って。宇宙な感じ、全然しなかったんでしょ？」

「うん、建物とかタコ足の生物なんてもちろん全然写ってなくて、ただの荒野が広がっててさ。地平の向こうから朝日が昇ってくる瞬間だったんだけど、どこか海外の砂漠で撮られた写真だって言われても、僕、信じちゃったと思う」

「火星の写真は、我々人類の孤独を募らせる」

いつの間に上ってきたのか、じいさんまで会話に加わった。振り向くと、SETI話から解放されたらしい相田も、渋々といった表情であとから上ってきている。目が合うと、ぱっと逸らされた。

お母さんが、じいさんの言葉を引き継ぐようにつづける。

「私達のような知的生命体は果たして本当にいるのだろうか。私達は炭素と窒素の気まぐれが生み出した奇跡のような存在で、この宇宙のどこにも、知性を持った生命体は存在していないのではないだろうか」

芝居がかった口調が、満点の星空の下、望遠レンズを覗く姿とは妙にマッチしていた。自然と、僕の口からも言葉が出ている。

「それでも、星空を見上げてしまう。見上げるうちに、また信じたくなる。絶対に、僕達は孤独な知的生命体じゃない。この宇宙のどこかに、僕達の声を受け取る知的生命体がいるはずだって」

照れが入って、おどけた口調になってしまった。

「それって誰か有名人の言葉？」

「井上親子《おやこ》の言葉よ」

相田に答えたお母さんの明るい声に、ぷっと噴き出してしまう。

「俺、なんか疲れたよ」

呟いた相田の背中を、じいさんがぽんと叩いた。

「さて、少年二人で、せいぜいきばって探すんだな、人類が孤独ではない証拠を」

じいさんとお母さんは、僕と相田を残し、再び階段を下りていく。

なんだ、お母さんが望遠鏡をセッティングしていたのって、相田のためだったのか。

お互い、ぎこちなく目を合わせた。いつもみたいに相田を見上げているはずなのに、不思議とそう感じないのは、星達があまりにも高いところにあるせいだろうか。

「そっちの望遠鏡、覗いてみる？　ちょうど、火星が地球に大接近してるんだ」

記憶する限りで初めて、相田が素直に頷いて僕のすすめに従った。そっと腰を折り曲げるようにして、レンズへと片目を近づけると「おお」と小さな歓声を漏らしている。

「ほんとに赤いんだな火星って。確かあと十何年かで移住を成功させようとしてるベンチャー企業とか、あるんだろ？」

「うん、オランダの会社だったと思う。もう移住者の候補は絞ってる段階だけど」

「ふうん、くだらねえな」

相田の声の響きに、言葉とは裏腹の切実さが滲んでいる。

少し迷ったあと、思い切って尋ね返した。

「もしかして相田って、宇宙人どうのこうのっていうより、宇宙行ってみたい派？」

「そんなきれいなことじゃない。俺はただ、このくそみたいな場所から脱出したいだけ」

「――そうなんだ」

「井上みたいな奴にはわかんないだろ。俺、井上がそういう風に何でもわかってるっぽい顔するとこ、すげえムカつくんだよ。そのくせ、大人には無邪気な子供ぶってうまくやってるし。ほんと嫌らしいよな、そういうとこ」

相田が思っていたよりずっと、人をよく観察していたことに驚かされる。

「なんか、ごめん」

「謝るなよ、さらにムカつくから」

相田をここに連れてきて、何をしたいのか、ずっと曖昧なままだった。ただ自然な衝動に身を任せて、ここに誘って、そしたら相田も意外なことについてきてくれて。だけど、今はっきりわかった。僕は、相田に伝えたかったんだ。

「あのさ、言ってみれば、僕達も宇宙人から見たら立派な宇宙人だよな。地球に暮らす宇宙人。だから、わからないことなんてあって当たり前だよな。お互いのこととか、この世界のこととか」

「はあ?」

「うちってさ、平和に見えるだろう? だけど、いろいろあったらしくて、親が天文サークルにいたこと、ついこの間まで内緒にされてた。ようやく打ち明けてくれたかって感じだったけど、それでもまだ、大事なこと、話してもらってない気がして、すごくもやもやするんだ。僕が見てる家族の姿って、ただの幻なんじゃないかって思うこともある」

望遠鏡を熱心に覗いていた相田が再び顔をあげ、真顔で頷いた。

「そう思っておけば間違いないな。そうすれば、母親が突然姿を消しても、まあ、ダメージは少なくて済んだかも」

咄嗟に反応できず、ただ突っ立っているだけになる。

「見ただろ、この間、俺が父親とトラブってるとこ」

「ああ、うん。ごめん」

「だから、謝るなよ、ムカつくから」

ごめん、と再度口にしそうになって、必死に口を噤む。相田は再び望遠鏡を覗いている。

「あの、さ。せっかく来たんだし、一応、UFOを召喚してみる？　呪文があるんだけど」

「知ってるよ、ベントラ、ベントラってやつだろ？　あれ、多分、意味ないと思う」

こいつ、やっぱり相当、宇宙に傾倒している。下手したら、僕なんかよりずっと前から、UFOを呼ぼうとしていたんじゃないだろうか。

「そこまでわかってて、僕にUFOの証拠どうのこうの言うのって、相田こそ、相当嫌らしい性格してない？」

レンズの向こうの火星を見つめたまま、ふん、と相田が鼻で笑う。何だか悔しくなって、一矢報いてやりたくなった。

「まあでも、僕は約束を今夜、果たせたと思うんだけど」

「は？　UFO、呼べてないだろう？」

思わず、といった様子でレンズから顔を離し、こちらに向き直った相田ににやりと笑ってみせた。

「UFOは見せられなかったけど、宇宙人なら見せたし、話までできただろう？」

「それってもしかして、あの人のこと言ってるわけ？」

「うん。もしも実際に宇宙人に遭えたとしても、あの人ほど宇宙人ぽくないと思う」

大真面目に告げた僕をしばらく見つめたあと、相田は笑うでもなく、苦い顔をするでもなく、抗議すらすることもなく、ただ素っ気なく頷いた。

「確かにな」

二人して見上げた夜空を縦に横切る光があったけど、それが流れ星なのか、ISSなのか、それともまさかのUFOだったのか、やっぱり真相は謎のままだった。

　あの夜以来、相田とは時々、教室で会話を交わすようになった。

　主に、天体関係のことばかりだ。お互いの家のこととか、大人の事情とか、そういう複雑な話題は何もなし。時々ドームハウスに、お互いの親抜きで行くこともある。

　ただ一つ、僕達の間に横たわっている問題が一つだけあった。触れるべきなのか、無視するべきなのか、二人とも多分決めかねている。そう思っていたのに、この間、ドームハウスにつづく坂道を二人で歩いている途中、唐突に尋ねられた。

「おまえ、三沢のこと好きだろ？」

「はあ？　何言うんだよ、突然」

　尋ね返した声が盛大に裏返ったのは、痛恨のミスだった。

「そっちこそ三沢のこと、どう思ってるんだよ。気になってるんなら、いじめないで普通に話せばいいじゃん。ガキっぽいよ」

「ちげえよ。あいつがウザいから、もう近づいて来ないように牽制《けんせい》しただけ」

　相田が、大きめの石を坂道の上に向かって強く蹴った。

「おまえ、自分で言ってて意味不明だって思わないわけ？」

「人にアドバイスしてる暇があるなら、自分こそ三沢にもっと積極的にいけよ。離れたとこから、ちらちら見てばっかでさ」

「そんなに見てないよ」

「見てるって」

気がつけば、僕も小石を蹴り上げていた。そのうち二人で同時に蹴った小石がぶつかり合って、左右に分かれたのを見届けたあと、相田が呟いた。

「あいつのこと、話すのは金輪際《こんりんざい》よそうぜ。よく、わかんねえし」

「――なんだよ。自分から話したくせに」

とはいえ、僕も、話すのを止めにするのは大賛成だった。三沢のことは、なんていうか、人とシェアするような話題じゃない気がするから。

家族のことも、宇宙のことも、三沢のことも、わからないことだらけだ。だけど全ては、ほんの少しずつ、星空が景色を変えるみたいに、変化していく。僕達は、わからないままその変化を眺めて生きるしかないのだろう。

でも、時には自分で変化を起こして、自分で景色を変えることもできるのかもしれない。そういう姿を見ていてほしいって、お父さんはこの間、僕に言ったんだろうと思う。

この地球上で人間として生きるって、そういうことだろうって、すごく大きな問いかけをされた気がした。

あ〜あ、世界はなんて、ややこしくて素晴らしいところなんだろう。

「もしいつか新しい星を見つけられたら、俺はライフって名付ける」

「うわ、いいね、なんかそれ」

僕の返事に、相田が珍しく照れたように笑った。

天の川が、ぎっしりと星を孕《はら》んで流れていた。

第四話　インナーユニバース

三十代、中間管理職、天文関係の職歴はゼロ。

そんな男が、面接官二人の前に座って、やや震える拳を両腿《りょうもも》に載せ、しゃちほこばっている。窓からの日差しで目を細めたせいで、人相まで悪印象にならなければいいが。

「なるほど、夢を諦めきれずに研究職の道を——。そうですね、弊社は即戦力を求めてはいますが、情熱を持った方というのが大前提です」

「ほんとですか⁉」

「ええ。ところで、今はどんなご研究を？」

「はい？」

面接官の一人が片眉を上げる。

「この世界、研究の裾野は広い。必ずしもプロではなくとも、在野で熱心に研究をつづけている方は多いですし、今回応募をいただいた中にも少なからずそういった方々がいます。井上さんはどのようなご研究を？」

「すみません。今すぐにお話しできるようなものは。ただ、御社に採用していただけたら、学生時代からの研究内容であるブラックホールの研究を、ぜひ再開したいと思っています」

「――そうですか。それでは、面接を通過された方だけに、またご連絡させていただきますので、今しばらくお待ちください」

「はい、よろしくお願いいたします」

丁寧に頭を下げたあと、面接会場である会議室のドアを閉めた。

ダメ、だったろうな。

転職活動をしてみようと思い定めたのはいいが、自宅から通勤可能で給料も家族を路頭に迷わせないほど稼げて、などと条件を連ねていくとなかなかに厳しい。そんな中、ぱっと目に入ったのが、相模原《さがみはら》にある私設天文台の職員募集の広告だった。とある企業の一部門として存在する天文台だから、もし採用された場合、この企業の会社員として天文台に勤務することになる。

天文設備の管理や各種天体観測イベントの企画・運営などが主な職務内容だが、メセナ活動として、職員の個人的な研究も積極的に応援してくれるという願ってもない好条件だった。

しかし俺にとっての好条件が、他の星バカにとってそうでないわけがない。案の定、今日だけで俺のあとに少なくとも三人は面接を待っている。ちなみに三人とも、明らかに俺より年下だった。状況は甘くないと覚悟をしていたつもりだったが、やはり胸に応える。

それでも、やるしかない。もう彼方に、大見得を切ってしまったんだし。

なるほど、こういう状況でも簡単に心が折れないように、俺は敢《あ》えて彼方に打ち明けたのかもしれない。

ちょうど、スマートフォンに彼方からのメッセージが届く。

『ドームハウス、今日はお父さんとだよね？　早く帰ってこられそう？』

あと一週間で夏休みに入る。つまり、国立天文台のハワイ観測所へと出発するまで三週間を切ったのだ。俺と彼方と伊丹さん。今のところ男だけの珍道中になる予定だが、もしできることなら、一華も一緒に行けないかとまだ諦めきれずにいる。

『もう帰るところだ。ばっちり時間には間に合う』

面接会場を辞して電車へと乗り込みながら、どうにか一華を説得する方法を考えてみる。

もう十分に時が経った。俺としてはそう思うが、どうやらこの件に関しては、一華と俺では時の流れるスピードが極端に違うらしい。あいつは未《いま》だに、飛行機に乗ることを拒んでいる。

『トラウマ　克服』

もう幾度ともなく検索したワードをもう一度試してみる。結果はいつもと同じ。やはり、専門の心理カウンセラーでも困難であるという事実しか掴めなかった。

どう話したもんかな。

そもそも、あともう一人分のチケットを今から確保できるかどうか微妙なところだが、調べてみたところ、お金さえ多めに積めばまだ何とかなりそうだった。

ここ二、三日で、もう一度説得してみよう。

心の中だけで呟いて、道端でキラリと光る欠片でも見つけたような明るい引っかかりを覚える。前の俺だったら、こんな風に思えただろうか。そもそも、ハワイくんだりまで星を観に出掛けようとしている自分に気がついて、頬に熱が上がる。

宇宙《そら》がこんなにも近い。少年の頃、ずっとそうだったように。

電車がトンネルを抜け、窓の外に夕景の街並みが広がっている。満月にかかるようにして細雲がたなびいており、まことにけっこうな夜空になりそうだった。

今夜は、彼方が星バカになって初めてとなる皆既月食が楽しめる。満月を、太陽に照らされた地球の影が横切るのだ。

電車が進んでいく。降りる駅は決まっているのに、行き先さえ決まっていないような寄る辺ない気分になる。これまでなら不快に感じられたであろうこの緊張感を、今は心地よく受け止めている自分が嬉しかった。

「今日は観測のあと、じいさんが向こうで会う有名なコンタクティーのことを教えてくれるんだって」

伊丹邸へと向かう車の中で、彼方がすでに体中から喜びを発散させている。

「え、ハワイに行くのって、観測所を見学するだけじゃないわけ？」

呆れた声を上げたのは、彼方と同じクラスの相田君だ。最初は関係がこじれていたらしいが、今では同好の士という言葉がぴったりの友情を築き始めている。中学受験の準備で忙しくなった幼なじみの類人君に代わって、今は相田君と伊丹邸へ向かうことのほうが多い。

「多分、伊丹さんは、観測所よりもそっちのほうがメインの目的だろうな」

答えながら、自分もどちらがメインとは言えないことに気がついて苦笑が漏れた。

「いいなあ、俺も行きてえ！　観測写真、絶対に失敗すんなよ」

「うわ、プレッシャーかかる！」

当初、一華が懸念していたよりも相田君はずっと大人だという印象を受ける。家庭の事情からくる鬱屈はあるにせよ、こちらに気を遣わせない話術に長《た》けているし、背丈も彼方より頭一つ分抜きん出ているせいか、学年が二つくらい上に感じるほどだ。

それでも、ＵＦＯのことになると、彼方と相田君はもちろん、俺や伊丹さんも含めて四人とも皆、同じ年頃の少年のようになってしまう。

「相田君は皆既月食を観測したことがあるの？」

「ううん、ない。日食は授業で観測したことあるけど」

「そうか。まあ、機会が限られるからな。今日はいい天気だし、ばっちり観られそうだな」

いつものように国道から逸れた脇道へと入り、坂道を上っていく。門扉に辿りついたところで、伊丹さんがほとんど間をおかずに開門してくれるのだが、今日は少し待たされた。

「じいさん、トイレにでも行ってるのかな？」

それから三分ほど待ったが、門は沈黙したままだ。

「ちょっと、連絡してみるか」

スマートフォンを取り出して、電話をかけてみたが、やはり反応はなかった。

「おかしいな。もしかして、約束を忘れて、どこかへ出掛けちゃったかな」

「ええ、またあ⁉　そんなんで空港までちゃんと来られるのかなあ」

ここ最近、伊丹さんが約束をすっぽかす頻度が高くなっているのだ。一応、昨日のうちに確認の電話をしたはずなのだが、何しろあの性格だ。ＳＥＴＩ《セティ》方面で何かニュースがあって、こちらの約束がすっかり頭から抜け落ち、仲間のもとへと駆けつけた、あるいは徹夜で研究に没頭し、今頃は深い眠りの中にいる、なんていかにもありそうな話だった。

「仕方ない。一度、家に引き返すか」

呟いた直後だった。

「なんか焦げ臭くないか？　おじさん、窓開けて！」

相田君の声に、慌てて窓を開けた途端、人工物の焼ける不吉な匂いが車中に充満した。車から降りて伊丹邸の方角を見ると、夜目にも細い煙が無秩序に昇っていくのが見える。

「おじさん、フェンスに沿って公園側から行こう。公園の入り口まで車を回してくれる？」

「そうしよう。あと彼方、１１９番だ！」

車を回転させて公園へ向かった。公園もドームハウスも同じ山の上に存在しているものの、境界線がフェンスで区切られている。門扉の辺りからは入れないから、公園とドームハウスの敷地を隔てるフェンスの脆《もろ》くなっている部分から侵入するしかない。

「もう、消防車が出動してるんだって」

張り詰めた彼方の声が告げる。

ようやくたどり着いた公園の駐車場に車を止め、念のためスマートフォンの折り返しを確認したが、やはり伊丹さんからの連絡はない。

ほどなくしてサイレンの音が鳴り響き、どんどんこちらへ近づいてきた。

三人して全速力で駆け、話に聞いていた通りに一部フェンスが折れて低くなっている部分を、躊躇なく彼方が越えていった。相田君が越えるのを待って、俺もなんとかフェンスの向こうへと身を移す。

「どれだけ広い敷地なんだ⁉」

そこからさらに駆けて、ようやく見慣れたパラボラアンテナの姿を確認したが、その先では黒煙を上げるドームハウスに向けて、消防隊が水を放水するところだった。少し離れた場所に伊丹さんの姿を確認して、膝から力が抜けた。

「じいさん⁉」

叫んで近づこうとした彼方が、ぎょっとした消防隊員に止められている。

「彼方、落ち着け！　ほら、伊丹さんは無事だ」

俺達から百メートルほど離れた左手に、憮然とした表情の伊丹さんと初めて見る中年の女性が並び立っていた。さらに近づいていくと、警察官らしき人物から事情を聞かれているようだった。女性のほうはほとんど泣きそうな顔で、傍《はた》からほんの僅か話を聞いただけでも、興奮状態で何を言っているのかわけがわからない。おそらく、本人も何を聞かれたのか、何が言いたいのかわかっていないのだろう。

幸いにも火はさほど燃え広がらなかったらしく、ほどなくして消防車は撤退していった。最後まで残っていた警察官が伊丹さんを解放したのを待って、ようやく近づいていく。

「悪かったな、待たせてしまって。もうそろそろ時間だ。さあ、少し焦げ臭いが中に入れ」

「お父さん、そんなことを言ってる場合ですか⁉　どなたか存じませんが、今日はこんな状況です。どうぞお引き取りください」

頑なな表情で訴えてきたのは、先ほどの女性だ。なるほど、彼女は伊丹さんの娘さんだったのだ。

曇り空に似た灰色のヴェールに包まれていた伊丹さんの背景が、一部、色彩を帯びて迫ってくる。ただしそれは、伊丹さんにとって喜ばしい色ではなさそうだ。

「今度こそ私達にも考えがありますからね。こんなところで一人で暮らして大丈夫だなんて、まだ言うんですか」

伊丹さんの表情が苦みを増していく。袖口を、彼方が軽く引っ張った。

「お父さん、今日は帰ったほうがいいんじゃないかな」

「――そうだな」

答えたのは俺ではなく、相田君のほうだ。

憮然としたまま立っている伊丹さんに軽く目配せをし、娘さんに会釈をすると、三人して来た道を戻った。

フェンスを駐車場側へと越えながら、娘さんの非難がましい視線を感じたが、振り返る勇気はなかった。車まで戻って運転席に乗り込み、急いで車のドアを閉じる。

ほうっと一息ついたのは、俺だけではなかった。

「家族の尊さなんて、偏った道徳教育は止《や》めてほしいよ」

呟いた相田君の表情は、ほとんど大人のそれだ。

公園から国道に出る坂道をゆっくりと下っていく途中、月が太陽の影で欠けはじめた。

「見えたな」

声を掛けたが、少年達は無言だった。

*

週末、申請していたパスポートを受け取りに出掛けた。

あのあと、伊丹さんからは、落ち着いたら連絡するから旅の準備を進めておくようにとメッセージがあったのだ。詳しいことを尋ねたかったが、こちらからのメッセージには返信がなかった。

「じいさん、ちゃんとパスポートとか用意したのかな？」

彼方にとっては、初めての自分のパスポートだ。伊丹さんのことを気に掛けながらも、手の平サイズの紺色の一冊をしげしげと眺めて喜んでいる。受け取ったのは合計三冊。残りの二冊は俺と一華の分で、十年用の赤い冊子だ。

「ねえ、どうして二冊あるわけ？　もしかしてお母さんの分も申請した？」

「ああ、まあな」

「じゃ、お母さんも行くの⁉」

「まあ、できるだけ頑張って説得してみるさ」

「頑張って。僕もお母さんに聞いてみるし」

まだ日が高く、観測できる時間まで間がある。

「彼方、このあと、少し付き合えるか？」

「うんいいけど？」

もうすでに気持ちを切り替えたのか、彼方が屈託のない様子で頷いた。

「伊丹さんの家、様子を見に行ってみないか？」

「僕も、行こうと思ってた！」

連絡がないことが不安だったし、火事の被害の具合も心配だった。電車で移動する間、これから行ってもいいかメッセージで尋ねてみたが、やはり返信はないし、メッセージに既読の履歴もつかなかった。

「今日も公園側から行ってみるしかないね」

不法侵入を示唆する息子に、当然のように頷く。家に戻ってさっそく車に乗り込むと、この間と同じように公園の駐車場へと向かった。停車するなり、破れたフェンスの辺りへ駆け寄ると、フェンスはいつの間にかしっかりと修理され、容易には越えられないようになっている。慌てて正門のほうへと車で向かってみたが、もちろん門扉が内側に開くことはなかった。

ダメ元で呼び鈴を押してみると、女性の声が応答した。

「どちら様ですか？」

「私、伊丹さんの——友人で、井上と申します。伊丹さんはご在宅でしょうか？」

しばらく沈黙した後、声の主が尋ねてくる。

「もしかして、この前の晩、公園から敷地に入っていらした方ですか？」

表情こそこちらからは窺えないが、石のように固い拒絶感は声から十分に伝わる。あの時の伊丹さんの娘さんだ。おそらく彼女がフェンスを修理したのだろう。もちろん、気持ちは十分にわかるし、その行為を責める権利もない。

「そうです。すみません、この間はただならぬ様子だったので、慌てて敷地に侵入してしまい、とんだご無礼を働きました。その後、伊丹さんは大丈夫なのでしょうか？　もしかしてお怪我《けが》や火傷などされていないですか？」

「父なら心配いりません。もうすぐこちらから引っ越すことになると思いますので。それじゃ、ごめんください」

「え⁉　あの――」

一方的に会話が途切れ、あとには風が木々の葉を揺らす音だけが響き渡る。

南西の空に輝き出した一番星を見て、不吉な予感に囚われたのは初めてのことだった。


その夜、家に帰って事の顛末を一華に告げると、予想していたより驚きが少なかった。

「だって、一人暮らしで、しかも少し不便な場所でしょう？　ご家族がいたら心配になるのは当然よね。気づいてた？　伊丹さんの家の湯沸かしポット、見守り機能がついてるタイプだったの」

「え、そうだったのか？」

何でも、ポットのお湯を沸かしたりお湯を入れたりする度に、通信システムが作動して見守る家族のもとへと報告が入るのだという。

「シニアっていっても、そこまで高齢じゃないだろう？　せいぜい、七十前後ってところで」

「う～ん、あの性格だしねえ。観測に夢中になってコンロの火をつけっぱなしにしたまま放置するなんて、よくあったと思うわよ。ほら、コーヒーはお湯を沸かして淹れてたし」

　言われてみれば、その手のことなら大いにありそうだ。さらに言えば、あきらかに資産家といった暮らしぶりだったし、我々のような得体の知れない存在にご家族が用心深くなるのも当然かもしれなかった。

「この間のボヤも、そういう感じだったんじゃないかな。いよいよ看過できなくなって、ご家族で伊丹さんを強制的に同居させるよう取り計らった、なんていう流れだと思う」

「そうだとしても、連絡も取り次いでもらえないなんて、少し強硬すぎると思わないか？」

「そうね。伊丹さん、どうしてるんだろう。連絡がこないってことは、スマホも取り上げられちゃったのかな」

「もしかして、伊丹さんがハワイ旅行に出掛けるのは難しいかもしれないな」

　二人で黙り込んでいると、いつの間に風呂から上がったのか、彼方が髪の毛を拭きながら話に割って入った。

「でもさ、インターフォンに出たおばさんは、これからじいさんが引っ越すことになるって言ってたんだ。だから、まだあの家に住んでることは確かでしょう？」

「なるほど、そうだな」

　頷く俺に、彼方が懇願するように尋ねてくる。

「ねえ、どうにか電波望遠鏡で通信を取り合うことってできないの？　宇宙人とメッセージをやりとりするのは時間がかかっても、近所の人とやりとりするだけなら一瞬でしょ？」

「う〜ん、それはちょっと難しいんじゃないかな。電波望遠鏡のアンテナってどこに向いてる？」

「ええと、空、だけど」

「そうだ。あれは星々の信号を捉えるためのものだから、地上由来の電波を拾うとしてもノイズが混じるレベルだと思う」

閃きで晴れやかになった彼方の顔が、再び曇った。

「僕たちでアレシボ・メッセージみたいな信号を送れたら、きっとじいさんがキャッチしてくれると思ったんだけどな」

「アレシボ・メッセージって——呆れた。伊丹邸で二人とも、何の話をしてたのよ」

一華が頭を抱えている。

「どうにか連絡を取る方法を考えてみよう」

どうやらハワイ出発前に、とんだ夏休みの宿題が追加されてしまったようだ。

＊

出発の時が容赦なく近づいてくる中、なぜか部下と近所の定食屋でテーブルを挟んで向き合うことになった。例の、無断欠席をやらかした佐原だ。

「無理しなくていい」と電話口で告げてから、妙に懐かれている。

「井上課長って、お子さんおいくつなんですか？」

食事を終えてさりげなく取り出したのは錠剤で、メンタルクリニックで処方されたものだという。精神を安定させる効果があり「アメリカなんかでは、エグゼクティブが会議の前に飲んだりするのよ」と薬を手渡してくれた年配の薬剤師に、慰めるように告げられたらしい。

「うちは生意気盛りの十一歳だよ。でも、趣味が同じだから、まあ最近はいっしょに出掛けるのが楽しくなってきたかな」

会社の人間に対し、よそうと思うのに頰が緩む。会社員から、自然と親父の顔になってしまうのが自分でもわかった。

「理想っすね。働きながら、休日は趣味を持って家族で過ごすなんて」

ほうっとため息を漏らして、佐原がお茶を飲み干す。

「いや、趣味を復活させたのはつい最近のことだよ。それまでは、まあ、死んでた」

この若者と向き合っていると、なぜかうっかり本音が口からこぼれていく。佐原が少し前の自分とほぼ同じだからか、鏡に向かって喋っているような感覚だ。

「死んでた、ですか。じゃあ、俺と同じじゃないっすか」

「そうだな。俺達はけっこう似てたと思うよ。でも、久しぶりに趣味の世界に戻ってみたら、なんていうか、思っていたよりずっと温かく迎えてもらったというかさ」

「へえ。ちなみに、趣味って何なんですか？」

「天体観測。そっち系の仕事につくつもりでいたんだけど、実家が倒産してさ。大学院なんて行ってる場合じゃなくなったんだ」

佐原が「あ」という顔で尋ねてくる。

「もしかして井上さん、会社を辞めるつもりですか⁉」

「バカ、声が大きいよ」

「それじゃ、本当に？」

今度は声を潜めて問い詰めてきた。

「まあ、自分の人生だし、選び直すのに遅すぎることはないだろうって、自由に思えるようになったというか」

「井上課長って、今いくつでしたっけ？」

「え？　ああ、三十八だけど」

いつもどこか窮屈そうな佐原の表情が、突然、ゆっくりとほぐれていった。

「いいっすね。三十八歳で、妻も子供もいて、でも人生を選び直せるって。俺も、まだなんかできる気がします」

「キツいこと言うなあ。でも、佐原は二十三歳だろう？　逆にどうして、もう何もできないって今まで思ってたわけ？」

尋ねながら、心の中の自分がおかしそうに笑う。

おまえだって、まだ三十八なのに、もう何もできないって思ってただろう？

「悪い、今の取り消す。そういう思考に陥るのに、年齢はあまり関係ないよな」

「いや、ほんと、なんでなんすかね？」

佐原の指先が錠剤から離れ、お冷やのグラスを摑んで口元へと運んでいく。

長い間、硬直していた自分が、徐々に動き出している。

だが、もしかして佐原のほうが、先に会社を辞めるかもしれないなと、ふと思った。

＊

ハワイ行きまであと一週間を切ってしまった。日曜日の夕べ、彼方と親子二人、狭いベランダで額を突き合わせている。

「じいさんから返事来てない？」

「ああ、音沙汰なしだ」

メールチェックを頻繁にしているが、今のところ来るのは迷惑メールやセールスメールだけ。

「まったく、相田はじいさんのこと、会いに行ける宇宙人って呼んでたのに、これじゃ普通の宇宙人といっしょじゃんか」

「ほんとだなあ」

メールは一日に一度送っているが、相変わらず反応がなく、今どうしているのか、ハワイへは行けそうなのか、彼の置かれた状況がわからないままだ。

「監禁なんてされてないよね？」

「さすがにそれはないだろう。伊丹さんだってあの性格だし、大人しくじっとしているとも思えないよ」

言いながら、暮れなずんできた空に目をやる。今日は二人で、自作の天体望遠鏡をつくってみたのだ。五千円もあれば手に入る代物だが、土星の環も立派に確認できる。

「あ、見えた！　へえ、ほんとに自分でつくったやつで見えるんだなあ」

「どれどれ、俺にも見せてくれよ」

彼方から大人げなく奪い取った望遠鏡を、土星ではなくプレアデス星団、つまりすばるの方向へと向けた。肉眼ではせいぜい七個ほどの星しか観測できないが、レンズを通せば数十個のきらめく星々が瞬いているのを確認できる。

チカチカと明滅している星々の姿に、何か強く訴えかけてくるものを感じたが、その正体をつかみ取ることはできなかった。

一呼吸して、自分を励ます意味も込めながら、彼方に宣言する。

「お父さんな、今夜、お母さんに聞いてみるつもりだ。ハワイにいっしょに行こうって」

「ほんと⁉」

「ああ。まずはお父さんから話してみて、それでもダメなら家族会議でもしてみるかな」

宣言したそばから、ついつい気弱な台詞が飛び出した。彼方にも伝染したのか、澄んだ声がやはり弱々しく尋ねてくる。

「でもうちって、家族で天体観測もしたことないのに、いきなり天体関係の家族会議なんてできるかな？　だって、ずっとタブーだったんでしょう？」

「う。まあとにかく、お母さんが目を細めてこっちを見ないように願おう」

星を見上げた回数など数え切れないが、願いを込めて見上げるのは、意外にも今夜が初めてかもしれない。

彼方が再び望遠鏡を奪い取る。

「あ、流れ星！　お母さんがハワイに行きますように！　お母さんがハ――もう消えちゃった」

見通しは暗い。だが、可能性はゼロではない。

彼方の頭に軽く手を載せると、柔らかな髪の毛に触れた。


ついにその時がやってきた。

深夜というほどでもなく、まだ明日の仕事は少し遠い。彼方が寝たあとの、大人だけの貴重な時間だ。

一華は、俺が対面式キッチンの奥のほうで手に汗を握って構えていることにまだ気がついておらず、ダイニングテーブルに天文関係の専門誌を広げて熱心に読み込んでいる。

ページをめくる一華のもとへ、ゆっくりと近づいていった。

「あのさ、今ちょっといいか？　旅行のことで相談があるんだけど」

誌面から顔を上げ、一華が軽く微笑んだ。

「どうしたの？　あたらしいスーツケースが欲しいっていう相談なら却下よ」

「そんなことじゃないよ」

どう切り出そうか色々と考えてみたものの、あまりいい方法は浮かばなかった。策を弄したところで、目をすがめた相手から論破されるのが落ちだろうという気がしたのだ。

何しろ今回は、一華を飛行機に乗せようとしているのだ。

何度も思考を巡らせたあと、結局たどり着いた結論は、正面突破だった。いずれは向き合うべき問題だとも思っていた。それが、今夜だというだけじゃないか。

「ちょっとこれを見てくれないか」

一華の正面に座り、チケットの入った旅行会社の封筒と真新しいパスポートを差し出した。代理人として申請したから、証明写真は今より三年ほど前の一華だ。幸い、髪型を含めてほとんど変わっていない。

「なあに？　忘れないか不安だから、出発まで預かってほしいとか？」

封筒もパスポートも、どちらも俺のものだと勘違いしているらしい一華が、呆れ顔のまま二つを手に取った。

何気なくパスポートをめくったあと、ぱたりとテーブルに置き、次に封筒からチケットを取り出し、おそらく氏名を確認している。

「なぜこんなことをしたの？」

発せられる声が低い。普段のやりとりで言うと、警戒レベルは十を満点として八ほどだろうか。しかし、ここで怖《お》じ気《け》づくわけにはいかない。何しろ、もう金は払ってある。しかも俺の心許《こころもと》ないへそくりからどうにか捻出したのだ。ハワイでは、少なくとも自分のものは何も買えないほど痛い出費だった。

「十二年前のこと、もう忘れちゃったの？　私の気持ちは無視？」

「忘れてないよ。忘れる必要もないしな。それに、一華の気持ちも無視はしてない。だけど、そろそろ一歩踏み出してもいい頃だと思う」

珍しく一華が俯く。目が細められているのか、それとも見開かれているのかわからない。ただ、ひどく怒っていることは、テーブルの上で硬く握りしめられた拳で察せられた。

「——勝手なこと言わないで！　自分はうじうじ同じ場所にいるくせに、私だけ前に進めって言うの？　ずいぶん都合がいいのね」

乱暴に椅子を引いて、一華が去っていこうとする。咄嗟に、テーブル越しに腕を掴んだ。

「一華だけに求めてない。俺もだ。俺ももう、進んでいこうと思う。俺さ、家族で天体観測したいんだ。もう三人で星を見てもいい頃だと思わないか？」

自分の言葉に、自分で驚いた。

そうか、俺は、一華と彼方と三人で——家族で星を見上げたかったのか。

「進むって、何？　どうするつもりなの？」

「——実は、天文関係の転職に挑戦しようと思ってる。ダメ元で私設の天文台の面接も受けてみた。まあ、感触があまりよくなかったから、ダメだったとは思うけど。でも、家族が困らないくらいは稼ぐから、それだけは心配しないでくれ」

少し黙ったあと、一華が力なく椅子に腰を落とした。こちらには背を向けたままだから、耳と右頬の一部分しか見えない。

「何がきっかけだったの？　あんなに嫌がりながら、会社にしがみついてたのに」

「さあ、何だろう。理由は一つじゃないと思うけど」

　確かに、あんなに硬く閉ざされていた心の一部分が、なぜ今になって再び開いたのか、具体的にはよくわからない。伊丹さんに会ったことか。それとも、何も知らないはずの彼方が俺達のあずかり知らないところで星バカに成長していたことか。一華が再び空を見上げはじめたことか。おそらく、その全てがハグルマのように嚙み合って回転をはじめたのだろう。

　だが一番の理由は――。

「バカなこと言ってもいいか？」

　一華が、黙って頷く。

「俺さ、同じ星バカとして、彼方や一華に負けたくなかったのかも」

「は？」

　一華が思わずといった様子で、こちらへ顔を向けた。

「いや、ずっと、心のどこかでは思ってたんだ。こういういじけた背中を見せながら育てていくのか。こんな父親とか夫でいいのかって。だけど、それよりも何よりも、二人に星の世界で負けたくないって思っちゃったっていうか」

一旦吐き出してみると、それが紛れもない本音らしかった。

きっと呆れるだろうと思った一華はしかし、存外あっさりと頷いた。

「バカじゃないの⁉ って言いたいけど、負けたくない、か。確かに、私も彼方とISSの撮影競争をした時は、大人げなく本気を出しちゃったものね」

少し俯いたあと、一華が星にレンズを向けるようにして、再びこちらに視線を向けた。瞳が微かに揺らいだのは、焦点を合わせているからだろうか。だとしたら、どこに？

「転職は、私もずっとしてほしいって願っていたことだから、もちろん賛成する。でも、それと私が飛行機に乗るかどうかはまったく別の問題よ。乗る、乗らないじゃなくて、乗れないの。理屈じゃなく、申し訳ないと思っちゃうの。三人で星を見るなんて、どうしても許されない気がしちゃうの」

そんなことはない。きっとわかってくれている。

声を掛けるのは簡単だが、おそらく一華の心の奥までは届かない。しかし、今を逃したら、一華が再びそっぽを向いてしまうだろうという切羽詰まった予感があった。

「なあ、家族がダメなら夫婦はどうだ？ 今から二人で星を見ないか」

言うなり立ち上がって、咄嗟に一華の手を引いていた。向かう先はベランダだ。

「ちょっと、いきなりどうしたの⁉」

一華のほうは、声こそ突っ張っていたが、拒否するわけでもなくついてくる。それぞれが伊丹さんと星を観たことはあっても、二人きりで観測をしたのは、もう十二年以上も前のことになる。

　狭い家だ。二階の廊下を突っ切り、浴室の脱衣所からひとつづきになっているベランダまではすぐにたどり着いた。つい先ほど、彼方と並んで立っていた場所に望遠鏡を持ち込んで二人で並び立つ。

　一華は、戸惑ったように俺と望遠鏡を交互に見た。

「いくら星を一緒に観たからって、飛行機には乗らないからね。二人ならまだしも、三人でなんて申し訳なさすぎる。彼方といっしょに観るだけでも、後ろめたさを感じたくらいなのに」

「とにかく、観よう」

　もう星に縋《すが》るしか、一華の気持ちを変える術を思いつかなかった。

　天の川銀河の中心核へとレンズを向ける。この望遠鏡では確認できないが、その方角に、まぎれもなくブラックホールが存在している。

　覗いた瞬間、いや、きっと覗く前から何へレンズを向けたのか、一華は察したと思う。焦点が合ったのを確認して席を譲り渡すと、一華がおずおずとレンズをのぞき込んだ。

　腰をかがめた一華を久しぶりに見下ろす感動で、少し声が震える。

「本気で、また戻ろうと思うんだ。ブラックホールの研究に」

「わかってる。ずっとそうしてほしいと思ってた」

「今まで、しんどい思いさせてたの知ってる。ほんと、ごめん」

「――うん」

一華の声も、ビブラートがかかったようにぶれたのは、同じ心の震えを共有したからだと思った。しかし、ゆっくりとレンズから顔を上げた時の彼女の表情から、それはただの男の感傷だったと知った。一華の両目は、糸のように細められていたのだ。

「ねえ、私、すごいこと思いついちゃった」

「は⁉」

今度は俺のほうが素っ頓狂な声で応じる。

「伊丹さんがまだドームハウスにいるなら、直接信号で合図したらどうかな」

「直接って、だからメールなら送ってるだろう？」

「もっとアナログで直接的によ。チカチカで合図するの！」

「モールス信号か！」

「そう。せっかくだから、モールス信号をアレシボ・メッセージと同じ二進数に変換するっていうのはどう？　伊丹さんなら絶対にわかってくれると思うんだけど」

「いいな。彼方と三人でさっそくメッセージをつくろう。ただ、光の点滅がご家族に見《み》咎《とが》められたりしたら厄介だな。それに、伊丹さんがこっちの信号に気がつく保証なんてない。それをどうするか——」

「明日の明け方なら絶対に大丈夫だと思う」

一華の確信に満ちた表情を見て、再び閃きが伝播する。

「もしかして、明けの明星か。そう言えば、この時期は地球に最接近してるんだったな」

「ええ。楽しみにしていたから、きっと起きて観測していると思う。明け方なら、ご家族に信号が見咎められる心配も少ないし」

「モールス信号も、ぎりぎり視認できる明るさだろうしな」

「そういうこと！」

一華が親指を立て、話は終わったとばかりに階下へ向かう。妻の閃きに感動し、さすがは俺の妻だとひとしきりニヤニヤしたあと、ようやく気がつく。

もしかして、うまく逃げられた？

例の三日月みたいに細められた目。うがった見方をすると、モールス信号もあの場で思いついたわけではなく、うっすらとは検討していたんじゃないだろうか。あまりにも計画が鮮やかすぎやしないか？

いや、事は一刻を争う状況だ。さすがに思いついたらすぐに相談するか。

結局、ベランダに来た時と同じく、一華を説得しあぐねたまま寝室へと向かう。もしも伊丹さんとこのまま連絡が取れず、一華も行かないとなると、俺と彼方の二人旅行になることも覚悟しなくてはいけない。

つい今しがたまで一華が覗いていたレンズを右目にあてがうと、天の川を彩る星々が、宇宙からの大量のモールス信号のように、チカチカと明滅を繰り返していた。

*

翌日の明け方四時、家族でドームハウスの敷地と隣接する公園までやってきた。

駐車場に車を停《と》め、彼方は手元のメモと懐中電灯を、俺と一華はメモを照らすためのスマートフォンを持った。懐中電灯は、もちろん信号を送るために使う。

公園と敷地を隔てるフェンスへと近づき、念のため監視カメラの存在を確認した。

「大丈夫そうだな」

家族で顔を見合わせ、フェンスを乗り越える。どこをどう言い繕ってみたところで、完全なる不法侵入だ。

リスクをなるべく軽減するため、ドームハウスが遠目に見える辺りで一旦足を止めた。明けの明星、すなわち金星は必ず東の空に輝く。伊丹さんもドームハウスのベランダに出て、そちらに望遠鏡を向けるはずだ。

「あ、出てきたよ！　よかった、じいさん元気そうだね」

「しー！　彼方、声を出すな」

さっそく大回りでドームハウスの東側へと回り込み、チカチカと懐中電灯を点滅させる。

遠目からだが、伊丹さんが微かに手を挙げたのがわかった。かなり距離はあるが、望遠鏡を下げてこちらに照準を合わせたようだから、誰が来たのかわかったはずだ。

伊丹さんは慌てたように家の中へと入ると、やがて懐中電灯を携えて戻ってきた。すぐに、トトトツーツーツートトトと点滅が返ってくる。ただし、こちらの簡単な合図とは違い、あきらかにモールス信号で会話をしようとしていた。

「お父さん、何て言ってるかわかる？」

「ああ、間違えようがないさ。ＳＯＳだ」

「それってつまり、じいさんがあの家に閉じ込められてるってこと？」

「わからない。とにかく、俺達のメッセージを送ろう。彼方、できるな？」

頷いた息子の顔が、いつか買った五月人形よりも凛々《りり》しく見えるのは親の欲目だろうか。

一華と二人、彼方の手元をスマートフォンの懐中電灯機能で照らしてやる。

「行くよ」

ややこわばった息子の頬が、朝焼けに染まっていく。急いだ方がいい。

チカ、チカ、チカチカ、チカチカチカ、チカ。

万が一、見咎められたら、不審極まりない点滅を繰り返す。

『JULY 29th 4:00 A. M. meet at the fence.』

家族で相談した結果、伊丹さんを早朝、我々がさっき越えたフェンスの辺りで救出し、そのままハワイへ出発しようということになったのだ。あくまでも推測だが、伊丹さんは連絡が可能なツールを一切取り上げられており、おそらく旅行も禁止されているだろうというのがその理由だった。

家族の手で旅行をキャンセルされているかもしれないという懸念もあったが、その場合でも、一旦、接点が持てさえすれば色々と話し合える。とにかく、リスクを並べ立てる俺と一華の意見を一蹴し、伊丹さんと落ち合うことが先決だと主張したのは彼方だった。

因《ちな》みに伊丹邸と公園を隔てるフェンスはかなり広範囲だが、彼方によると、フェンスといえば以前壊れていた箇所だときっと伝わるということだった。何でも、伊丹さんと彼方が最初に出会った場所なのだそうだ。

ようやく信号を送り終えた時、向こうからの反応があった。ただし、朝日が山の端から顔を出し、よく目をこらさないと確認しづらい。

「ねえ、お父さん、じいさん、なんだって？」

「──多分、ＯＫ、だったと思う」

「じゃ、伝わったんだね？」

三人で、大きく手を振ったあと、急いでその場を立ち去る。途中、非難するような女性の声が響いた気がしたが、振り返らずにフェンスの外へと駆け戻った。

出発まであと五日。人事は尽くした。

結果は、神のみぞ知るだ。


出発までの間、俺はといえば、一華を旅行に誘うことに終始していた。しかし、上手くあしらわれるばかりでまったく聞く耳を持ってくれない。

「私は伊丹さん救出の作戦を立案したんだから、あとは任せたわよ」

などと言ってやたらと家事にいそしんでいる。

彼方もかなり頑張ったようだが、同じように手応えは得られなかったという。家族会議も、さすがは一華というべきか事前に察知され、招集すらままならなかった。

やはり、家族で星を見上げる日はまだ遠いのだろうか。

なあ、どう思う？

出発を翌日に控えた夜のベランダで、晴れた空に浮かぶ星々を眺めながら語りかけてみる。

昼間よりもやや外の気温が下がったせいか、強めの風が家の窓に向かって吹き付けているが、尋ねた相手からの返事はなかった。

＊

時計が十二時を大きく回った午前三時半。

いよいよその時がやってきた。伊丹さんを救出して空港に到着するまでは一緒に行動するという一華とともに、彼方と三人で車に乗り込む。

「さあ、決行だ」

宣言すると、彼方が「おう！」と右手を挙げて応える。一華も助手席で静かに頷いた。

知り合ったのは春先なのに、もう何度通ったか知れない道を進んでいく。夜はまだぎりぎり留《とど》まっているが、東の空はすでに藍が薄らぎはじめていた。

トランクには二人分のスーツケースだけ。しかし、諦めきれずに、一華のパスポートとチケットは、ウエストポーチに入れて携行している。

「じいさん、ちゃんと待ってるかな？」

「そう願うしかないな」

いくら伊丹さんの家族が早起きでも、早朝四時から耳を澄まして伊丹さんを監視していることはないだろう。仮に万が一、そんなことがまかり通っているとしたら、警察に通報してみるのも一手だ。

勝手知ったる駐車場に手早く停車し、もう三度目ともなると、夜目でも、流れるように目的の場所へと向かう。三人の心身が一体となっているのが感じられ、これが運動会の親子参加行事だったら、間違いなく一番でゴールテープを切れるだろうという気がした。

芝生の広場を横切り、雑木林の散策路へと入っていく。その路を脇に逸れたところが、待ち合わせ場所だ。

照明の一切ない雑木林の向こうに、伊丹さんの影を見ようと目を細める。

「見える？」

足の運びを緩めず、彼方が尋ねてくる。

「いや、まだだ。一華は？」

「ううん、というより、誰もいないんじゃないかしら？」

一華の不吉な言葉に、心臓が嫌な具合に跳ねた。

「まだ少し早いからじゃないか？」

「うん、きっとそうだよ。待ってみよう」

彼方の声は、夜明けの空に溶ける星明かりよりもか細い。

三人でフェンスの前に無言で突っ立ったまま、五分経ち、十分経った。もう、待ち合わせの時間を過ぎている。

さらに、五分、十分。

「ダメだったのかな。じいさん、そんなに家族に監視されてるのかな？」

「今日が出発日だってことが家族にばれてたら、あり得るな」

「しっ、二人とも黙って。ほら、あっち！」

一華が、東の方角を指差す。その延長線上に、まるで朝を連れてきた使者のような堂々たる歩みで、待ちかねた伊丹さんの姿が近づいてくる。

「じいさん！」

小さくしか叫べない代わりに、三人で大仰なほど手を振った。鼻の奥に強い刺激が走り、不覚にも視界が滲んでいく。

せわしないこちらの反応とは裏腹に、当の伊丹さんは悠々とフェンスそばまで近づき、口の端を片側だけ上げてみせた。少し頬が痩《こ》けたのではないか。

「本当に来たな」

「僕達のメッセージ、ちゃんと解読できたんだね」

「ふん、アレシボ・メッセージをおまえに教えたのは誰だと思ってるんだ」

「色々と聞きたいことはありますが、まずはここから離れましょう。荷物はないんですか？」

「そんなものは向こうで買いそろえる、と言いたいところだが、今日ここへ来たのは出発するためじゃない。申し訳ないが、私は行けない」

「え、でも――」

驚く俺達に向かって、伊丹さんが一枚の紙を差し出す。

「これが、私が参加するはずだったUFOを召喚するための集いの詳細だ。英語だが、それくらいはわかるだろう。それと、参加予定だった観測ツアーも記してある。ぜひ、私の代わりに行ってきてほしい」

伊丹さんは俺達三人を見ているようで、その実、一華にひときわ強い視線を投げかけていた。じりっと一華が後ずさる。

「ね、どうして行けないの⁉　時間ならあるし、フェンスを越えていっしょに行こうよ」

「行けない。おそらく一緒に行けば、君達に迷惑をかけることになるだろう。最近は自分で思っていたよりも、ずっと物忘れが激しいらしくてね。ついに、ボヤ騒ぎまで起こしてしまった。あれで、家族の反対を押し切れなくなったんだよ。ここで無理に出掛けたら、下手をすると警察沙汰になる。君達は誘拐犯だぞ」

伊丹さんはおどけてみせたが、おそらく家族にそう言って脅されたのであろうと察せられた。それに――物忘れ、と敢えて柔らかな表現を使っていたが、つまり認知症だと

「でも、うっかり火を消し忘れるなんて、誰にでもあるでしょう？　どうしてそんな」

告白されたのだ。

彼方の声が、まっすぐに伸びる朝の光の帯にかき消えていく。きっと、言いながら思い出しているのだ。

いつも、呼び出しが突然だったこと。いつも、同じ話を聞かされていること。たまに、約束をすっぽかされていたこと。伊丹さんを蝕《むしば》むもののうごめきを、理屈ではなく、肌で思い知らされているのだ。

「もしかして、コンビニで買っていたテープと付箋は、研究とは関係なくメモを残すためですか」

「嫌なことを覚えているな。わかったら、あんたも意固地になっていないで、私の代わりにハワイに行ってくれないか。そして、できたら私に報告してほしい。あいにく通信環境はすべて家族に取り上げられているが、こちらに脱走の意図がないことさえわかれば返してくれるだろう。その時にはすぐに連絡する」

「あのメモもそうなの？　じいさんがいつもメモ帳を肌身離さず持ってたのって、そういう――？」

彼方の声が、朝日に照らされるのを嫌ってかき消えていく。

「こんな年寄りの謎にかかずらうな。それより宇宙を見上げろ。おまえが解くべきなぞは、いつだって宇宙にある」

「僕にとっては、じいさんだって大事な宇宙だよ！」

興奮する彼方の肩を軽く押さえて、できるだけ冷静に尋ねた。

「正直に言ってください。ご家族から不当な扱いはされていないんですか？」

「――君達に対する娘の態度が褒められたものではなかったことは謝る。だが、あいつにも言い分はあるんだ。私から蜜を得ようと群がってくる人間が多くてね。

それに、今日の私は調子がいいから、君達のことをきちんとわかっていられるが、日常が星雲のような靄に覆われてしまうことも多いんだよ」

「それって、僕達のこと、覚えてられないってこと？」

怯《おび》えるような彼方の声に、伊丹さんが慈しみに満ちた眼差しを投げかける。

「彼方のことはなぜかいつも覚えていられる。だが、君のパパやママのことは少し怪しいな。こんな状況だから、娘は本気で私を心配している。私には、それがわかっている。そして、わかるうちに、全てを処理しておきたいんだ」

わかるうちに。なんて重い言葉だろう。

現実を受け止めきれずにいる俺達に対し、伊丹さんはさっぱりと笑ってみせ、背中を向けた。家へと向かう確かな足取りは健康な老人そのもので、ハワイに出掛けるくらいなんの支障もなさそうに見える。

しかし、チノパンのポケットからは、いつも持ち歩いているメモ帳がはみ出していた。

「待って、待ってよ、じいさん！」

彼方が声を張り上げたが、伊丹さんは振り返らずに右手を挙げただけだ。

朝日がさらに強く地上を照らす。

自分の役割は終えたとばかりに、伊丹さんは、来た時と同じように悠々と遠ざかっていった。


家に戻ったあと、俺は再び一華とベランダに並び立っていた。出発まであと三時間。彼方はしばらくぐずぐずと泣いていたが、今は部屋で仮眠をとっている。

「なあ、一華」

「その先は言わないで」

こちらのハワイ行きを促そうとする魂胆などとっくに見抜かれているらしい。それでも食い下がろうとしたその時、意外な言葉が耳に飛び込んできた。

「行ってみる。ハワイに」

にわかには信じられず、望むあまり、ついに幻聴が聞こえたのかと焦る。しかし一華は、くっきりと意志のこもった眼差しをこちらに向けていた。

「本気か？　無理してないか？」

「うん、本気。無理は、そりゃ多少はしてるわよ。実際、空港に着いたらやっぱり搭乗できないなんてことになるかもしれないし」

「うん、そうだよな。だから、いいのか？　ちょっとでも無理してるっていうなら、やめていいんだぞ？」

ハワイに行って欲しくて、委任状まで偽造して妻のパスポートを取得したのに、いざ向こうがその気になると腰がひけてしまう。俺は一華に、とてつもない負荷をかけようとしているんじゃないだろうか。トラウマなど解決しなくても、日々の幸せを丁寧に紡いでいくことのほうが大切なんじゃないだろうか。

「無理、したいの。以前、夜に伊丹さんとコンビニで会ったって言ったでしょう？　あの時、家族には変わってほしいのに、自分は変わらないつもりかって言われちゃって」

「お、おい。伊丹さんと、どんな話をしてたんだ？」

おそらく星や宇宙とは何の関係もない、家族の問題が話されていたことを知って、微かに動揺してしまう。

「う〜ん、自分の中の宇宙の話、かな？」

一華が、例によって俺をあしらう。

「とにかくもうすぐ出発だし、私も急いで荷物を詰めなくちゃ」

慌ただしく去って行くスリッパの音を聞きながら、鼓動が強く打ち始める。決して不快ではないそのリズムにのって、俺も荷物の最終チェックのために階下へと下りていく。何かが大きく変わっていく。自覚できないはずの地球の自転をふいに肌で感じてしまったような、未知の感覚がこの身を満たしていく。

宇宙に意思があるとして、それは俺のようなしがない存在にも届くのだろうか。

届くのかもしれないと、一人、頷いた。

＊

思っていたよりずっと湿った空気に包まれながら、空港で荷物を無事に受け取った。

彼方がスマートフォンで動画を撮影している。日本に帰ったら、伊丹さんに渡すつもりの、旅の記録動画だ。

「じいさん、今、ハワイの空港に着いたよ。ええと、空港の名前ってなんだっけ？」

「ダニエル・K・イノウエ国際空港だよ」

苦笑するこちらにカメラを向け、つづいて少し青白い顔をしている一華へとパンする。

一華は気丈にも、カメラに向かってピースサインをしていた。

成田空港での搭乗間際、「気分が悪い」と言い出してへたりこまれた時は、もう絶対無理だと諦めかけたが、こうして家族三人、どうにかホノルルまでたどり着いた。

英語の入国審査も、フレンドリーな審査官が「エンジョイ！」と笑顔で送り出してくれ、何とか乗り切った。

ただ、伊丹さんがいないのは、やはり寂しいものがある。口には出さないが、家族三人、同じ気持ちだろう。

「じいさんも来られたら良かったのにさ。僕、ちょっとつまんないよ」

親の前で言うのはさすがに恥ずかしいのか、彼方が少し離れた場所でさっとカメラに向けて囁いたのが聞こえてきた。

「さ、そろそろホテルまで移動するか。夜はさっそく観測ツアーだしな」

タクシー乗り場を確認し、空港の出口まで三人して並んで歩く。タクシーとか、バスとか、言葉でいちいち確認しなくてもアイコンでわかるのがありがたい。あとは、大分錆びついた英語が、何とか通じてくれることを願うばかりだ。もっとも、簡単な日本語なら通じる土地柄だが。

出口に近づいて、無意識に手の平を額にかざした。日差しが桁違いに強い。赤道により近い位置から眺める太陽は恒星としての生命力を剝《む》き出しにし、自転がもたらす風は、花なのか香水なのか、とにかく日本とは全く異なる香りを運んでくる。一歩空港の外に出ると、空の青と、空高くそびえるヤシの木と花々の鮮やかな原色に圧倒された。

「じいさん、見えるか? これ、ハワイの空港出たとこ。やばいよ、これ、めちゃ海外! みんな英語喋ってるし」

「ほらほら、カメラばっか見てると迷子になるぞ。こっちだ」

タクシーの前に立ち、軽く咳払《せきばら》いをした。父親の沽券《こけん》に掛けて、英語を喋らねばならない。多少、訓練はしてきたが、学生時代に比べてさぞ錆びついたことだろう。

「ハロー！　キャニューテイクアストゥオハナホテルプリーズ！」

「シュア！　シャライプッチュアバッゲジズインザトランク？」

「イエス、プリーズ！」

冷や汗もので何とか会話を乗り切ったあと、トランクにスーツケースを入れてもらう。

「プリーズゲリン！　ワッチュアステップス」

「ほら、彼方、乗るよ」

乗り込んだ俺のあとから、一華が彼方を促す。

「じいさん、聞こえた⁉　あの人、英語話してるんだけど」

「こらこら、お父さんをあの人って呼ばない」

ホテルに到着するまでの間、彼方はずっと外へカメラを向けていた。初めて目にする海外の風景が珍しくて仕方がないのだろう。

陽気な運転手にお勧めのレストランや穴場の海水浴スポットを教えてもらい、スマホに音声でメモを残した。

うん、ここまでのところ、何とか彼方の尊敬を勝ち取れているんじゃないだろうか。

家族三人でホテルにチェックインして、あてがわれた部屋のベッドに彼方がダイブした時には、俺の体もかなり重かった。特にフライト時間が長かったせいか脚がだるい。

「ただ飛行機に乗って、そのあとはちょっと空港を歩いて、またタクシーに乗ってホテルに来ただけなのに、体って疲れるんだなあ」

ベッドの上でもぞもぞとする彼方に対し、一華もまたベッドに横たわって答える。

「だって時差があるしね。今、日本は朝の五時だよ。まあ、日付は違うけど」

「さあ、少し仮眠を取って休んでから出掛けることにしようか。朝は少し観光をして、そのあと早速ツアーだしな。一華、行けそうか？」

「う～ん、大丈夫」

一華の声はすでに半分溶けかけている。彼方にいたっては、もう軽く寝息をたてはじめていた。俺はといえば、確かに体は疲れているのに、今夜のツアーのことを考えると、眠気は一向に襲ってこなかった。三人の中で星バカ度が一番高いのは、まだまだ俺らしい。

鼻息を荒くしたところで、急に眠気が襲ってきた。

「うそ、もう夕方だよ⁉」

一華の声が耳に飛び込んでくる。リビングで寝落ちしたのかと思って飛び起きると、見慣れない部屋にベッドが三つ。自分がハワイにいることを思い出す。

時計を確認すると、既に六時少し前だった。どうやら部屋の椅子に腰掛けたまま、うとうとしていたらしい。

「ねえ、彼方、起きて。もう空が夕焼け。すごいきれい！」

「うわ、ほんとだ」

一華と彼方が、二人して部屋の外のベランダに並び立った。その後ろから、俺も空を覗く。ハワイまで南下すると、やはり星の見え方が日本とはかなり異なる。それでも夕暮れに細い月が光り、日本にいた時と同じく宵の明星が近い位置にぶら下がっていた。

「ちゃんと来られたんだなあ、今回は」

一華の声が、風に乗ってベランダの向こうに広がる海へと運ばれていく。彼方はもの問いたげに一華を見上げたが、結局何も言わなかった。

「サンドイッチでも食べてから出発するか。観光どころか、ぐっすり寝ちゃったな」

「いいんじゃない？　だって、僕達の目当ては夜のハワイだもん」

「ま、それもそうだな」

俺達の会話を聞いた一華が振り返り、大きな声を上げて笑った。そんな何気ない瞬間まで十年以上かかったことを思って、はからずも視界の端が滲む。

ありふれた幸せを噛みしめながら、家族三人でホテルの外へと出た。

「じいさん、これからいよいよ天体観測ツアーだよ。星空は映らないと思うけど、望遠鏡で写真は撮れるみたいだから楽しみにしてて」

彼方のアナウンスを聞くともなしに聞きながら、外の大通りを少しぶらつき、広場に停まっていたキッチンカーでハンバーガーを買って食べた。日本とはサイズ感が全く違うことを忘れて三人分を注文したが、どう考えても五人分は楽にある。そういえば、オープンエアのレストランで食事を楽しんでいる人々も、大盛りを超えた特盛りサイズの料理を平らげていた。

ただでさえたるみはじめた腹をパンパンにしたまま、一時間後、ツアーの集合場所であるホテルのフロント前まで戻った。

「井上さんですか？」

背の高い女性が近づいてくる。日系三世とホームページには紹介してあったが、見た目も発話も、完全に日本人だ。

「はい。ええと──」

「マハロツアーの武中《たけなか》です。今日はよろしくお願いします。さっそく出発しましょう。今からならサンセットもまだ鑑賞できますし。そちらは彼方君、かな？　星が好きなんだって？　よろしくね」

武中さんは彼方に向かってにっと口角を吊り上げ、車寄せに一時停車してあるバンへと案内してくれた。

「ハワイは初めてですか？」

「ええ、家族みんな初めてです。マウナケアには、ずっと行きたいと思ってたんですけど」

一瞬、答えあぐねた俺の代わりに、助手席に乗り込んだ一華が答えている。

「よく見えるらしいですね」

「今日はコンディションも最高ですから、期待してください」

マウナケアは標高四二〇五メートル。富士山よりも高い、ハワイ最高峰の山だ。明日訪れるハワイ観測所も置かれているだけあり、世界有数の観測スポットとして名高い。意識して抑えておかなければ、興奮した口調で武中さんを質問攻めにしてしまいそうだった。

このバンのトランクには望遠鏡が積み込まれている。もちろん、ドームハウスにも同レベルの望遠鏡はあったが、ハワイの夜空はハワイにしかない。

「さいだん座とか南十字星は見えますか？」

尋ねた息子に、武中さんが親指を立ててみせた。

「今日はばっちり見えると思うよ。他にも日本だと観測しづらい星がたくさんあるから、可能な限り、ぜんぶ見ましょう！」

武中さんのファンになったのは、俺だけではないはずだ。

　さらに濃いオレンジに染まっていく空の下、バンは観光客で賑《にぎ》わうホノルルの市街地を抜けていった。許可された車しか乗り入れることができないというマウナケア山を、武中さんの慣れた運転でスムーズに上っていく。その様子も全部、彼方が動画におさめている。

　徐々に空のオレンジに、夜の幕が引かれていくのがわかった。より星に近い気がするのは、俺たちがぐんぐん坂を上っているせいだろうか。カーブの方向によっては、星を集めて地上にばらまいたような、ワイキキのきらきらとした夜景が一望できた。

　むさぼるように車窓の外を眺めているうちに、標高二八〇〇メートル地点へと到着した。ツアー客も個人客も、オニヅカビジターセンターと呼ばれるここで、高山病対策のために必ず三十分以上の休憩を取る。貴重な高山植物やセンターの来歴をガイドしてもらったあと、再びバンに乗り込み、いよいよ山頂を目指した。

　日が沈み、東の空にヴィーナスベルトが現れる。薄ピンク色の空の下にぼうっと青く映る地球の影のことだ。宇宙や惑星に焦がれる自分達もまた、一個の惑星に暮らす宇宙人であることを思い出す。

　皆がしばらく無言で、その荘厳な空の表情を眺めているうちに、ついに観測場所へとたどりついたらしかった。

「さあ、降りましょう」

駐車場に停車したバンから促されてドアを開ける。さっき停車した地点よりさらに空気が薄い。ぶるりと背中が震えた。

見上げた先には、加工を重ねた天体写真でもお目にかかれないような、圧倒的な星空が広がっていた。宇宙という神への静かな畏怖が、胸の内を支配していた興奮にとってかわる。

かつては、当たり前のように触れていた世界。人生を賭して謎を解こうと誓っていた世界。

「少し寒いですからジャケットは絶対に羽織ってくださいね」

夏だが、確かに半袖なんてもってのほかの気温だ。ビーチでは三十度を超しているにもかかわらず、山頂付近の気温は五度しかないのだ。

遠くに、天文ビレッジと呼ばれる天文台群が見えた。明日ツアーで訪れる予定のすばる天文台のほか、ハワイ大やイギリス、カナダ、ブラジルなど各国の、あるいは数カ国の合同による最新鋭望遠鏡が並んでいる。

「伊丹邸のも個人としては大きかったけど、やっぱり天文ビレッジの望遠鏡はすごいなあ」

「ほんと。人類がいかに宇宙に焦がれているかがわかるね」

一華の声が震えている。多分、寒さのせいではなく。上空は百八十度、降るような星空だ。一華は、見上げる星々の合間に何を探しているのだろう。

武中さんが大口径レンズを望遠鏡に装着している傍らで、彼方もまた熱心に空を見ている。

小声で、一華が囁いた。

「彼方に言おうと思ってるんだ。前回、ハワイに来ようとした時のこと」

「そうか。うん、いいと思うよ。あいつ、俺達が思ってたより、もしかしてずっと大人だって気がしてるし」

「うん、そうなのかもしれない」

「お父さん、お母さん、準備できたって」

離れた場所から呼びかけられ、設置された天体望遠鏡へと向かって歩く。

導かれるようにして、ここまで来たと思う。

気がつけば、会社を辞めてもいいと思える自分になっていて、一華はついに飛行機に乗り、過去の出来事を息子に告げることに決めた。

彼方は、春から夏にかけて、ぐんと逞《たくま》しくなった。何より、あいつも星に出会った。これからの人生、ますます星を目指して、星バカの道を歩んでいくことになるだろう。

「南十字星も綺麗に見えていますね」

「あ、ほんとだ。じゃあ、あれがにせ十字ですか？」

武中さんと話し込みはじめた彼方や一華をよそに、さっそく望遠鏡をのぞき込む。

レンズが向けられているのは、偶然にも日本では観測しづらい満天の天の川のちょうど中心部だ。つまり、ずっと目指してきた、ブラックホールの鎮座する辺りだ。

無意識にシャッターを何度か押す。

「あれ、機材、お詳しいんですか」

「すみません、勝手にいじっちゃって。こんなに天の川がくっきり見えること、日本だとあんまりないもんですから」

「いえ。いいんです」

武中さんの返事と同時に、聞き慣れた言葉がどこからともなく響いてくる。

「ベントラ、ベントラ、スペースピープル！」

思わず、家族三人、顔を見合わせて笑った。

「ああ、あれ、どうやら明日、大規模なＵＦＯ召喚の集会があるみたいで。ＵＦＯ好きがホノルルに集結してるみたいなんですよね。すみません、こんなタイミングで」

家族の誰も、明日自分たちも出席する予定だと言い出せず、苦労して笑いを引っ込めた。

放心状態でホテルへと戻り、そのまま皆で浜辺へ出た。

ビーチには、夜の十時過ぎだというのにまだまだ人出が多い。

「けっこうな枚数の写真を撮れたね。じいさん、喜んでくれたらいいけど」

「そうだな。今頃日本は夕方か」

「はじめて家族で星をみたけど、けっこう普通だったなあ」

彼方が、ビーチを見晴らす階段に腰掛けて伸びをした。挟むようにして、一華と俺が左右に並んで座る。

「おいおい、そのけっこう普通に、どれだけ払ったと思ってるんだよ」

「そうよ。その普通のありがたさがわからないなんて、やっぱりまだまだ子供ね」

「わかってるよ。だって僕、ずっとみんなで天体観測したかったし。でも、あの天の川の下だと、もうそっちの感動のほうがでかくて、なんか家族で見る感動が薄れるっていうか」

「はははは、そりゃそうか。いやあ、すごかったなあ」

でも、それと同じくらい、家族で星を見上げたことはすごいことだったんだ。おまえはまだ、その意味がわからないかもしれないけど。あの天の川の輝きくらい、俺達は輝いてたんだよ。

一華が、すっと顎を引く。

「ごめんね。彼方の希望が今まで叶わなかったのは、お母さんのせいなの」

はっと彼方が一華に視線を移す。

「実はね、あなたにはお姉ちゃんがいたのよ」

予め、話すと知らされていてもどきりとする出だしだった。生まれる前に去っていった子の話は、俺と一華の間でも長い間の禁忌事項だったから。

彼方は言葉の意味を咀嚼《そしやく》できなかったらしく、ただ無言で母親を見上げた。

「生まれる前に亡くなっちゃったんだけどね」

「――どうして？　何か病気だったの？」

「今となってはわからないんだよ。こういうのは今でも」

急いで会話に割って入り、さらに言葉を継ごうとしたが、一華が首を小さく横に振った。

「お母さんね、子供が生まれたら旅行なんてしばらくゆっくり出来なくなると思って、大学時代の同級生とハワイの国立天文台ツアーに参加しようとしたの。妊娠中の飛行機はリスクがあるって知っていたのにね。安定期に入ったんだからもう大丈夫だろうって」

「いや、でも本当に飛行機のせいかどうかなんてわからないんだ。旅行なんてせずに日本にいたって、そうなっていたかもしれないんだし」

俺のほうは、事が起きた直後からたくさんのもしもを自問自答し、やがて疲れ、時の経過とともにあれは親の手の及ばない出来事だったのだと思うようになった。お腹にあの子を宿し、少なからぬ時を一体となって過ごした一華が、今、ようやくその一歩を踏み出そうとしている。

「お母さんはね、お父さんみたいには思えなくて、ずっとお母さんが悪かったんだって心の中で責めてた。だから、家族みんなで星を眺めるなんて、その子に悪い気がして、どうしてもできなくて。ごめんね、今まで彼方の願い、叶えてあげられなくて」

しばらく、他人の声と波の音だけが響いていた。

「僕さ、小さい頃、よく熱を出してたでしょ？」

彼方が、突然、口を開く。

「うん、そうね。よく原因不明の高熱とか出して大変だったなあ」

「その時さ、決まって見る夢があってさ。いつもおなじ女の子が出てくるんだ。僕よりちょっと年上で、長い髪を星の飾りがついたゴムバンドで結わえてて」

一華が信じられないという表情で彼方を見下ろす。

「それ、どんなゴムバンドだ？」

尋ねた俺の声が掠れた。

「ええと、黄色のプラスチック製の、ちょっとおもちゃっぽいやつ」

腕が粟立つ。俺は多分、そのゴムバンドを知っている。もちろん一華も。

「それで、どんな夢なの？　その子、何か言ってくるの？　泣いてた？　怒ってた？」

「ううん、全然。いつも笑ってて、僕、その子に会うのが楽しみだったと思う。なんか、ずいぶん久しぶりに思い出したよ。てっきりおんなじ保育園に通ってた子だと思ってたけど、僕、その子のことをいつもお姉ちゃんって呼んでてさ。もしかして、本当にお姉ちゃんだったのかもなあ、なんて」

「そう、だね。きっとそうだと思う」

一華の声は、波の音にかき消されず、しっかりと耳に届いた。

黄色いプラスチック製の星の飾りがついたヘアゴムバンドを、もしかして彼方も一度ならず目にしたことがあったろうか。夢に出てきたのは、その記憶のせいだと考えるほうがおそらく妥当なのだろう。

それでも――。

俺達の寝室に置いてある小さな供養台は一見してそれとわからないし、彼方も認識していないだろう。台の前には、生まれてくる女の子のために、一華が「気が早いけど」と照れながら買ったヘアゴムバンドが供物として今でも置いてあるのだ。胎児名を星の子とかけて、星子ちゃんと呼んでいた。とても賢い子なのだとキックゲームをしてみせてくれた。イエスならば足をポンと一度、ノーならば二度。母親である一華からの質問に対し、しっかりと蹴り返してくるのが感じられ、生命が確かにそこに宿っているとい
う、こそばゆく、ふんわりとした気持ちに包まれたのがつい昨日のことのようだ。

「でも、なんかいつの間にか夢に出てきてくれなくなったなあ」

「そう、そうなの」

穏やかな一華の相づちを、波の音がさらっていく。

永遠につづくものは何もない。

一華のUFOではないが、そういうものだろうし、それでいいのだろう。

「でもさ、もう会えないけど、いないってわけじゃないと思うんだ。何となくその子、
お母さんが飛行機に乗ってハワイに来たこと、すごく喜んでるって感じがする」

一華が俯く。ぽたり、ぽたりと落ちる滴を、足下の砂が受け止める。

「うん――、うん」

「家族で星空を見るのって、まあ普通だけど、かなりすごいことだったろう？」

彼方に尋ねると、今度は静かに頷いた。

波音が響く。こうして家族の時間が積み重なり、見える景色も変わっていく。

空には、ワイキキの明かりにも負けず、星々が輝きを放っていた。

エピローグ

ハワイから帰ったあと、伊丹邸を訪れてなんとかコンタクトを取ろうとしたが、すでに伊丹さんやご家族の姿はなく、いつ訪れても留守だった。

ご家族による単なる居留守だったのか、あるいは物忘れがさらに悪化して、その姿を俺達には見せたくないと思ったのか。それとも家族に阻まれたのか。もしくはＵＦＯと邂逅《かいこう》し、宇宙へと旅立ったのか。

そもそも、あの人と過ごした時間が夢だったのではないかと思えることもあるが、確かに夢ではなかったという証拠に、後々、架空の住所から自宅へと送られてきた天体望遠鏡がある。彼方がずっと欲しがっていたミード社のものだ。

その望遠鏡が届いたのと同じ日、一家で待ち望んでいた返事もやってきた。

実は、マウナケア山で撮影した写真に、信じがたいものが写っていたのだ。武中さんが送ってくれたデータを興奮とともに拡大して眺めていると、不自然な輝きを放つ星を発見した。

あの夜、写真を連続撮影したのだが、銀河中心の南側に位置するある一点に、急速に出現し、しかも拡大する光点が見つかったのである。

星バカにしかわからないその意味を悟り、即座に腕が粟立った。

「一華、彼方、ちょっと来てくれ！」

大声で二人を呼んで件の画像を見せた時、一華の表情もすぐに変わった。

「これは、その可能性があるね。すぐに浪江《なみえ》先輩に送ってみたら？」

「うん、あの人なら間違いないな」

送り先は、三鷹《みたか》の国立天文台に勤務する、大学時代の浪江先輩のもとだった。今は帝都大学の天文学部でも教鞭を執りながら、天文台でブラックホールの研究もつづけている。

長年、不義理をつづけた俺からのメール連絡に対し、浪江先輩の返事は電話だった。

「おい、井上！　やったな！　間違いなく超新星爆発だぞ！　おまえ、宇宙の宝くじに当たったんだよ！」

連絡を俺のほうから絶って、十数年経つ。それなのに、電話で話すのはせいぜい一週間ぶりという態度なのが、いかにも時空の概念から解き放たれて見えた浪江先輩らしかった。

先輩が宇宙の宝くじに当たったと表現したのには理由がある。

一個の銀河に超新星が発生するのは百年に一度。しかも爆発が起きる過程は加速度的に進行するため、昨日までケイ素で構成されていた星が今日には鉄へと変わり、翌日には大爆発を起こす。しかも現在の観測手法では爆発を起こす惑星を特定することはできないのだ。一日一回、全天を撮影し、前日の撮影データと比較して、急速に出現した光点を特定するという試みはなされているが、そうして見つけた光点が超新星とは限らないし、俺が偶然に撮影したような爆発の最初の瞬間を捉えることは、まずできない。

浪江先輩によると、俺のように偶然が重なって超新星の爆発の瞬間をカメラで捉えることができる確率は一億分の一以下だという。まさに宝くじだ。

さて、宇宙の宝くじに当たった俺に何が起きたか?

残念ながら、現実の宝くじとは違って、人生は変わらず。つまり、何も特別なことは起きていない。少しの間、ネットや天文学会のニュースを賑わせたが、それでおしまいだ。

天文関係の転職も、立て続けに二度ほど落ちている。地上のことは、なかなかのほろ苦さなのだ。もちろん、簡単に諦めるつもりはないが。

夜な夜な、狭いベランダに出て、家族で星を見上げる。

ひとつ宇宙《そら》の下、刹那の時間を共有できる奇跡を胸に刻みながら、星々の冷たい瞬きに三人で身をさらしている。

ありふれた時間かもしれないが、もしかして俺が追い求めていた星に近い生活というのはこういうことだったのかもしれない。

横に並んでくれる二人を見るたびに思う。

地上の光は、星と同じくらい美しく神秘に満ちている。

ひとつ宇宙《そら》の下《した》
朝日文庫

2021年9月30日　第1刷発行

著　　者　成田名璃子《なりたなりこ》

発 行 者　三 宮 博 信
発 行 所　朝日新聞出版
〒104-8011　東京都中央区築地5-3-2
電話　03-5541-8832(編集)
　　　03-5540-7793(販売)

印刷製本　大日本印刷株式会社

Published in Japan by Asahi Shimbun Publications Inc.
定価はカバーに表示してあります

ISBN978-4-02-265001-6
落丁・乱丁の場合は弊社業務部(電話 03-5540-7800)へご連絡ください。
送料弊社負担にてお取り替えいたします。